ラストフラワーズ

松尾スズキ

白水社

ラストフラワーズ

装画　すぎむらしんいち
装丁　モリサキデザイン

目次

ラストフラワーズ

登場人物

佐伯三蔵
勝場軍一郎／勝場軍二郎
ｎａｎａｎａ（横山奈々子）
勝場典明／シン・ジョンホン
早川速男
ミンス／佐伯みよ子
ジョンオク将軍／ビッグ
サルバドル
つげ分析官／ペク教授／ヒュンダイ
ミャン
村西五郎
三木田テンホー
砂漠ひかる
女官スジュン
犬塚ひろし
ドンナム
セレスティーノ／オンドルスタン将校

女王様
男1・2・3
佐伯天響・匠音・寿限無・振門茶・顔素・血露流安・地球
ディレクター
上司1・2・3・4
臣下1
オンドルスタン人
組員1・2
バイオリン弾きの少年
振付師
警備兵
オンドルスタン兵士1・2・3・4
喜ばせ組
嬉しさ組
郵便屋

第一幕

派手に太鼓をたたくもの。
それに合わせて、一枚一枚、着物を脱ぐと、「プ」「ロ」「ロ」「ー」「グ」と背中に入れ墨の入ったふんどしのヤクザたち。

典明の声　邪魔《じゃま》だ！　若《わけ》え衆《しゅう》！

ヤクザたち、「へい！」と叫び、去る。
すると、雷鳴がSMの部屋に響く。
半裸で縛られた勝場典明。
鞭を持った女王様。ぶつ。

女王様　プロローグが喋《しゃべ》りたくてしょうがない恥《は》ずかしい唇《くちびる》は、この口かい⁉　いかにもプロローグ好きな口だよ。ほら、プロローグおし！

典明の語りに合わせて、プロジェクターにより大仰なＳＥとともにアニメーションが展開。

典明　うう。……始まりは25年前。

女王様　まず、お前の名前だろ！　ボケ、カス、アンダラ、ギャーー！

雷鳴。

典明　すいません！　私の名前は勝場《かつば》組組長《ぐみくみちょう》、勝場《かつば》典明《てんめい》。今でこそ歌舞伎町《かぶきちょう》でその名を轟《とどろ》かせているが、25年前はペーペーのチンピラだった。私は、なんとか一旗《ひとはた》上げようと、カジノで有名な東欧の小国、デルタランドに有《あ》り金《がね》を持って妊娠中の女房と出向いた。ところが、空港からのチャーターバスが、カジノに向かう途中の山道で、武器を持ったテロリストの集団に襲われた。何人かが銃で撃たれ、我々は人質になった。そこに、助けが現われ、テロリストたちと取り引きが始まった！

女王様　助けって誰なんだい！　ギャーーッ！

典明　サルバドルと名乗る男が率いる武装集団です。サルバドルは、自分のことをこう名乗った。

サルバドル、別の場所に出てくる。

サルバドル　私は進化工学者だ。

典明　進化工学者!?

サルバドル　そう。私はこの国のカジノを一手に牛耳《ぎゅうじ》るセレスティーノ財団に雇《やと》われ、人類の第二段階の進化について研究をしている。
典明　第二段階の進化⁉
サルバドル　日本のヤクザでも、ダーウィンくらいは知っているだろう。
典明　（渾身で）ダーウィン⁉
女王様　大声出したいだけじゃないかのかい！　ないのかい⁉
サルバドル　これまで我が財団は動物実験で人工的に進化した生き物を作り出すことに成功してきた。見ろ！

大げさな音楽とともに、豚が進化した生き物と、猿が進化した生き物がトレーラーの中から現われる。

典明　……ああ。
女王様　そここそ、もっと驚くとこじゃないのかい！
サルバドル　残すは人体実験のみだ。家族に妊娠中のものはいないか？　生まれる子を進化の実験に差し出してくれる家族を解放するよう交渉する。もちろんリスクは伴《ともな》うが、もし実験が成功すれば、その子は、人類史上初めての進化のセカンドステージを経験し……ホモサピエンスの新たな頂《いただき》に立つやもしれぬ。皆、ギャンブルをしようとして来たんだろう？　いないか？　なら、立ち去る。
典明　（女王様に）すいません、手をほどいていただけませんか。（ほどいてもらって、ゆっくり手を上げる）
サルバドル　なにかね。

典明　……このカジノ帝国デルタランドは、賭《か》けに出るのにふさわしい国だ。……妊娠中の妻を差し出そう。（静かに）そして、私は、人生最大の賭けを我が子に託《たく》すことにした。引き返すことが不可能な悪魔との契約を賭けに！

タイマーのブザーが鳴る。

女王様　（豹変して）はい。お時間となりまーす。お疲れ様でした。延長なさいますか。
典明　……延長で。
女王様　（豹変して）よくばりだねえ！

ポンと、暗転。

第1章　キャバレー《文明》

闇のなか、石畳を蹴る革靴の音。いろんな場所からその音が響く。
激しい吐息。
字幕『パリ・サンジェルマン通り』
夜。暗い町明かりのなか、石畳の道。
逃げてくる中年の男1、袋小路に追い詰められる。

男1　（フランス語で）助けてくれ。私が何をしたって言うんだ。私は何も知らない。

男2がふらふらになって現れる。

男2　（サイレンサー付きの銃を構えている）
男1　（フランス語で）やめろ！　撃つな！
男2　ごめんね。なんて言ってるかわかんないし、あんたが誰だかも、俺はよく知らないんだ。

男2、男1を撃つ。
二人は、暗くて、顔もわからない。

男2　（携帯で写メをとって、電話をかける）ラストフラワーズ3号です。任務を、遂行《すいこう》しました（咳こむ）。

サルバドル、別の場所に出てくる（片目にアイパッチをしている）。

サルバドル　（携帯に）ご苦労。捕《つか》まる前に死ねますか？

パトカーの音。

男2　もちろんです（ピストルを頭に当てる）……ああ、だ、だめだ。なぜだ。どうせ、死ぬのに。

男2の胸が赤く点で光り、そこにライフルの弾が撃ち込まれる。

男3　（高い場所に浮かび上がる。ライフルを降ろして、携帯電話）もしもし、ラストフラワーズ4号です、任務を遂行しました。（そして叫びながら飛び降りる）

トレンチコートに中折れ帽の男が現われる（佐伯三蔵）。死体を確認して。

三蔵　（携帯をかける）やられたのは、フランス人。やったのは……やはり日本人です。ラストフラワーズ、という言葉が聞き取れました。射殺されています（体を探って）。おそらく仲間に。……あ、失礼、割り込み電話です。……なんやねん、みよ子、今、親方と話《はな》しとんねん！　え？　帰りにマーボー春雨《はるさめ》の素《もと》こうてきて？　素⁉　今、わし、どこにいる思ってんねん、まあ、ええわ。マーボー春雨な。ほいで、確認や。春雨は家にあるねんな？　ない？（ため息）……それやったらマーボー春雨の素プラス春雨こうてきて、て、言わな、また混乱を招《まね》くやろがい⁉　……ま、ええわ。明日《あした》は、花《はな》の命日やったな。うん、せやから、明日帰る。ほなな。（変わって）……はい。パスポートは、偽造のようです。……パリ警察が来るようなので、現場を離れます。

音楽。
明るくなると、ラストフラワーズ訓練所（秘密のアジト風）。

教官　（バルコニーに立っている）諸君。ラストフラワーズ3号・4号がパリでの任務に成功しました。彼の魂はセレスティーノ財団からの報奨金《ほうしょうきん》によって、彼の家族に十分、贖《あがな》われるでしょう！　ラストフラワーズのみなさん、彼ら、そして、かつて美しく散っていった1号・2号を目指し、どん底の人生に最後の一花《ひとはな》を咲かせようではないですか‼

湧き上がるラストフラワーズの歓声。

そのなかに汚い身なりの早川速男。嬉しそうに手を広げるが、その左手は指が二本しかなく。

早川　左手の指が二本しかないんです！

サルバドルが現われる。

サルバドル　……新人の早川《はやかわ》さんですね？

早川　私の左手はピースしかできません。こんな私でも一花、咲かせられますか？

サルバドル　それは、神のみぞ知る、です。

音楽。

突然、ギラギラの照明がつき、舞台はキャバレー《文明》になる。

あまりガラのよろしくない客の前で、クラブ歌手ｎａｎａｎａがダンサーを引き連れ歌っている。

その首に首輪。

歌のあいだ、ビデオでキャスト紹介。

♪たった七日《なのか》で作ったなんて

世界を作ったなんて（いって）

けっこう仕事が早いじゃない

神様やるじゃない

でも
やっつけ仕事じゃないでしょうね？
七日は早すぎたんじゃない？
特に人間、あら目立つ
愛は未完《みかん》のオプションね

あなたによく似た、かたちなの？
とりわけ私のこのボディ
うまく仕上げたもんじゃない？
神様やるじゃない

でも
よく見りゃ多いわ悪ふざけ
それともただの手抜きなの？
悪意を感じるシャクレもいるわ
じっと手を見て考えて

道に唾吐《つばは》く中国人
アラブじゃ毎日自爆テロ
日本の海には放射能
インドの街角糞《くそ》まみれ
独裁国家に核兵器
責めるアメリカ核捨てない

セリフ　大洪水《だいこうずい》の後《あと》、方舟《はこぶね》にはノアの家族しかいなかったのよね……じゃあ、黒人はどこから湧《わ》いて出たの？　……ギルガメッシュ！

♪神様やるじゃない
神様やりすぎじゃない？
その手をそろそろ止めて
私の首輪《くびわ》を少し緩《ゆる》めて
ほんとのことだけ教えてくれる？
ほんとがなくなる、その前に

キャバレーの客たち、拍手。
そのなかに在日暴力団辛龍会がいる。

会長のシン、陽気に飲んでいる。

シン　歌で神様にケンカ売るなんて、とげとげしくて嫌いじゃないぜ！　ｎａｎａｎａ。こっちに来いよ。ここに座れ。俺の酒を飲め。立て。腰に手を当てろ。銭湯《せんとう》のコーヒー牛乳みたいに飲め。座れ。ピロピロ飲め。もう飲むな。食え。このギャートルズの肉、食え。座れ。

nanana　シンさん！　せわしい！　すごくせわしない！

シン　おまえを早く酔わせたいだけだ。

nanana　あいかわらず、せっかちね。酔わなくても私はあなたのものって知ってるはず。体はね。

シン　体で十分。まあ、せわしないのは俺の国の民族性だ。悪く思うな。いや、悪かった、心から反省している。ごめんなさい、帰ります！　いくぞ、同志たち（仲間と立ち上がる）。

nanana　ここにいて。

シン　（座る）とても帰らない。二度と帰らない。ここで暮らそう。

nanana　ここ、キャバレー。

シン　ここには、水場《みずば》がある。水場さえあれば人は何とかなる！　俺のお袋は、オンドルスタンから真冬の海をボートひとつでこの国に密航して、この辛龍会《しんりゅうかい》を作った。その息子の俺が言ってる。間違いない。

軍二郎の声　ねえ！　やめてくれねえか！

キャバレー内に置かれた銅像の中から軍二郎が出てくる。

軍二郎　シン会長。うちの水場に住まれちゃあ、俺の店があんたの国の漬物臭《つけもの》くなりますんでね！

シンの部下ミャン　（長髪の鬘《かつら》をかぶっている）勝場組若頭《わかがしら》にして、このキャバレー《文明》の支配人、勝場軍二郎《ぐんじろう》！

軍二郎　（拍手）敵対しているていで声をはり、それを利用して親切な人物紹介。いいテクニックだ。だが、もうやるな。若手の演劇人に笑われる。

シン　なんで、銅像の中から出てきやがった。

シンの部下ドンナム　唐十郎《からじゅうろう》か貴様《きさま》は！

軍二郎　唐十郎じゃない。

シン　じゃあ、なんで銅像の中から出てきやがった。

軍二郎　それより、ｎａｎａ、歌手としてプライドの高いおまえらしくない仕事だな。

ｎａｎａ　なに、支配人、また言いがかり？

軍二郎　さっき俺が作った歌の歌詞、少しいじったね。

ｎａｎａ　……

軍二郎　独裁国家だ？　普段《ふだん》だったらオンドルスタンってはっきり歌ってたじぇねえか？　偉大なる将軍様による悪の枢軸《すうじく》国家オンドルスタン共和国！

力の入ったナレーション　（どこかに字幕で投影される）広域暴力団勝場組若頭勝場軍二郎！　そして、在日オンドルスタン系暴力団辛龍会会長シン・ジョンホン！　この二大勢力は、歌舞伎町を舞台に、熾烈《しれつ》な抗争を繰り広げていた！

軍二郎　シン会長がいるからか？　会長様の祖国だからか？　媚《こ》び売りやがって、このヤリマンの売国奴《ばいこくど》が。
nanana　なんなの？　いくら支配人だからって、そんな言い方。
軍二郎　ヤリマンなのは知ってたが、いつから在日オンドルヤクザの情婦《じょうふ》になり下がった？　どうりで漬物臭《くせ》えぜ、お前のマイク！
nanana　ひどい。
軍二郎　まあ、マイクは誰のでもたいてい臭いけどな！
ドンナム　たまにカラオケなんか行くと、信じられないくらい臭いマイクがあるぜ！　あるぜえ！
軍二郎　……うん。
シン　おめえ。
軍二郎　なんだ？
シン　なんで銅像の中から出てきやがった。
軍二郎　（激怒）そこは、もう掘り下げなくていいんじゃないですかね!?　うざいのが売りなんすかね、おたくの組は？
シン　ふっ。意外とインパクトが薄かったなって話をしてんだよ。
軍二郎　いや、インパクトとか関係ねえし。
シン　……
軍二郎　……ん？　まじで、え？　インパクトなかったんですか？
ドンナム　いかにも、人が入ってそうな銅像だった。

ミャン　（突然）ダスキンだ！
軍二郎　……びっくりするぜ。なにを、さっきから力《りき》んでるんだ。
ミャン　きー！
シン　え？
ミャン　あ、失礼！　あんたが、そこのダスキンマットの下から現われたらさ、いいがな！
軍二郎　いいがな、ってなんだ！
シン　確かにこの店に来て一時間だ。そこのダスキンマットの下からあんたが出てきたほうが、え？　一時間もそんな地味《じみ》なところにいたのか！　と、俺ら辛龍会一同、度肝《どぎも》を抜かす自信あるぜ、なあ、ドンナム！
ドンナム　はい。度肝を抜かします。

辛龍会のメンバー皆、「そうだそうだ」と騒ぐ。

軍二郎　……おい、そこのボーイ。名前は？
犬塚　はい。犬塚《いぬづか》と申します。
軍二郎　どう思う？
犬塚　自分も、支配人がダスキンマットの下から出てきたら少なからず驚きます！
軍二郎　……じゃあ、出てきてみるか。

ダスキンマットの下にもぐる軍二郎。

軍二郎　これは……大丈夫なのか？

犬塚　自信持って。

軍二郎　おらおらおらおらあ！　マットの下にいるぞ、おらあ！　（出てくる）……よう、そして、出るぜ出るぜえ！　出たぜ！

間。全員、がっかり。

軍二郎　……なんだこれ。

犬塚　ぷっ。

軍二郎、ピストルで犬塚の足を撃つ。
悲鳴を上げる犬塚。

ミャン　きー！

軍二郎　きー、じゃねえ！

nanana　なんてことするの!?　犬塚君！　大丈夫だ!?　大丈夫だ！

犬塚　いやっ、それは僕が決めることなんですけど……

シン　こんなに接しやすい店員を、てめえ！

辛龍会一同、「すごく接しやすかったのに」とぼやく。

軍二郎　すいませんね。お客さん、うちの教育方針なんで。おい！　こいつは、ボーイに向かねえ！
　セックス＆ザ・シティ金融のほうに出向《しゅっこう》させとけ！

犬塚　いやだ！　セックス＆ザ・シティ金融だけはいやだ！　（連れ去られる）

シン　（笑う）やっぱり噂《うわさ》は本当だったんだな、軍二郎。

軍二郎　なんだと？

シン　生まれることと死ぬことは似ている。どちらも後ろに引き返すことができない。バカもそうだ。
　バカに生まれついたものは、一生バカから後戻りできない。

軍二郎　俺のことを言ってるのか？

シン　よく動く口でごまかしちゃいるが、あんたには双子《ふたご》の兄貴《あにき》の軍一郎《ぐんいちろう》がいるだろう。

効果音とともに、どこかに軍一郎のいびつなシルエット。

シン　体が不自由だから表には出れないと聞くが、今の勝場組が手広くシマを広げてる陰《かげ》で采配《さいはい》を
　ふるってんのは、実は軍一郎。で、弟はただの操《あやつ》り人形なんじゃねえかって噂だ。

軍二郎　頼むから帰ってくれ、金を置いて！

シン　あ？　私、オンドルスタン人、ニポン語わからない。
軍二郎　（全身全霊で出て行ってほしさを表現する）
シン　（笑）出てくよ、くだらないいざこざは好まねえ。ｎａｎａｎａ、おめえもあがれ、俺の母ちゃんの店でマッコリでも飲もう。そして、マッコリしよう。
ｎａｎａｎａ　……でも。
シン　（腰を抱き寄せ、甘い韓国語風で耳元に）ナナナ、ンーマッコリチュゲヨ？　マッコリデ、チョッコリシムニダ。アトデ、スッポリシムニダ。オンモッキリ、スッポリシムニダ。
ｎａｎａｎａ　（軍二郎に）濡《ぬ》れちゃったんで、あがらせてもらいます。
軍二郎　……仕事あがる理由が、濡れちゃったからとか、ない！　契約違反だ。歌のためにわざわざ首輪《くびわ》や衣装まで新調したのに歌詞を変えたのは許せねえ。今すぐ歌いなおしてもらう！
シン　俺の女に指図《さしず》するんじゃない！
軍二郎　うちの女だ！　おい、指さすな！　先端恐怖症なんだ！　あんたの国は日本に核弾頭向けてるらしいじゃねえか！　そのうえ、指まで突きつけるのか！　（シンの指を握る）
シン　好きな日本のことわざが一つだけある。「バカは死ななきゃ治らない」だ！　（殴る）
軍二郎　いて！　……歯が折れた。

音楽。
店のボーイたち、急にヤクザに豹変して、辛龍会と乱闘騒ぎに。

nanana （シンと軍二郎が銃を構えながらnananaを引っ張り合うので）やめて、腕が砕け散る！

突然、爆発が起こり、ものすごい煙に包まれる。
「なんだなんだ」と動揺する一同。
突然現われ、nananaの手を引く村西。
村西とnananaにスポット。

村西 nananaさん、本名は、横山奈々子《よこやまななこ》さん、今のうちです。逃げましょう！
nanana 誰!? なぜ、私の本当の名前を知ってるの？
軍二郎 nananaー！（探している）
村西 お久しぶりです、村西《むらにし》です！ 村西五郎《ごろう》です。
nanana 村西……
村西 はい。あなたに昔、逮捕《たいほ》された男です！
nanana 爆弾《ばくだん》五郎……！ 出所《しゅっしょ》したの？
村西 刑期満了《けいきまんりょう》です。
nanana え!? ……でも、顔が違う。
村西 整形しました！
nanana 前はせっかく和泉元弥《いずみもとや》みたいな顔だったのに。
村西 過去を消し、あなたの仲間になるためにです！ 国家公安委員会直属特務機関国際未解決事件捜査班……

軍二郎 ｎａｎａｎａ—！

ｎａｎａｎａ しっ！

音楽。

走り去る二人。

軽快な音楽がやがて『ゴッド・ファーザー』的な音楽に。

第2章　進化したヤクザ

サルバドル、現われる。
舞台は軍一郎の部屋に。ヤクザらしからぬゴシックな見てくれだ。
椅子に座って、パソコンをいじっている軍二郎。
衝立の向こうにベッドがあり、軍一郎のシルエットが見える。
典明が威勢よく入ってくる。

典明　やったよ！　やった！　軍一郎！　おまえのクラッキングしたインサイダー情報で、二億で買ったギルガメッシュ重工《じゅうこう》の株が今は、一〇〇倍。たった一晩で二〇〇億の配当が出た。はははは。おまえは完璧な息子だ。

隠し扉のようなところから、白衣を着たサルバドル。
背後に研究室を感じさせる秘密のドアから入ってきて、軍一郎の体に取り付けられた医療器材をチェックする。

サルバドル　おかげでまた研究室が増やせる。さあ、軍一郎、ワクチンの時間だ。

軍二郎　コホンコホン。

典明　……軍二郎。おまえ、《文明》で暴れたそうだな。いくら若頭をまかされてるからって、自分のシマで暴れんなあ馬鹿のやることだぞ……ん？　どうした、具合悪いのか？

軍二郎　（口から血を吐いて笑う）

典明　悪いんだね！　悪いんだね！　（拭いてやる）ごめんね！

サルバドル　生まれる子が双子だと予測できずに実験をしたのが誤算だ。（典明に）二人ともワクチンの適合不全症《てきごうふぜんしょう》が年々ひどくなっている。

典明　（サルバドルに）治せ！

サルバドル　努力はしている。

典明　（軍二郎に）焦《あせ》るのはわかるが、自分を大事にしてくれ。軍一郎の言葉がわかるのはおまえだけなんだから。

軍二郎　僕がいなきゃあせっかくの兄さんの情報も手に入らないからねだ。

典明　どうしてそんな言い方をする。おまえたち双子は私の宝だ。

軍二郎　……そりゃあ、母さんを犠牲《ぎせい》にしてまで手に入れた宝ですからね。大事にしてもらわないと。

サルバドル　……君にも薬だ。数時間しか安定しないが、打たないよりましだ（軍二郎に注射を打つ）。

軍二郎　それより興味深いことがある。（またパソコンに目を落とす）人間が、ありえないスピードで走っているんだ。どういうことだと思う？　父さんだ。

典明　なんだこれは？

軍二郎　今日、ｎａｎａの首輪にＧＰＳチップをしこんだ。（静かに）見てよ。この速度。車より速い。しかも、明らかに道のない場所だ。おかしいね。登録されてない地下道でもあるんじゃないか……（電話する）ミャン、ｎａｎａのＧＰＳを追って場所を調べろだ。

ミャン　（2階に現われて）キャキャキャ……（消える）

典明　なぜだ？

軍二郎　え？

典明　おまえたちは人間以上の存在なんだ。たかが、クラブ歌手になぜ入れ込む。まさか、惚《ほ》れたんじゃないだろうな？

サルバドル　だとしたら、危険だ。君たちの恋愛は、まだ我々の研究段階にない。

軍二郎　そんな理由じゃない。（軍一郎に向かって手話）

軍一郎　（手話）

軍二郎　兄さんがあの女の顔を、解析したそうだ。前々から臭いと思っていたらしいからね。

壁ががっと開き、各種パソコンと巨大モニターが出現する。

ｎａｎａの顔（プロフィール写真的）が投影される。

眼鼻口を巧みなＣＧ処理で解析していくと、様々な写真が出てくる。

ある写真のｎａｎａの顔のアップ。それが全景になると、爆破されたビルの黒煙の中から一人の男（早川）を救出し、必死の形相で駆けているｎａｎａと、男（つげ）。もう一人の男は爆発を振り返っていて顔がわからない。三人ともアクションスーツを着ている。それは新聞写真だ。

字幕『路上で爆弾男逮捕。爆発で重傷者１名』

軍二郎　この隣の男（つげ）の顔も解析しよう。
典明　確か三年くらい前の事件だな。
サルバドル　……くだらない（去ろうとする）。あ、組長。
典明　なんだ。ドクター・サルバドル。
サルバドル　ラストフラワーズに人員が足りません。
典明　またか。
サルバドル　彼らはすぐに死ぬからです。
典明　わかった、補充《ほじゅう》しよう。
サルバドル　……よろしく。証拠は完全に消し去ったほうがいいんでね。

扉の向こうに、なにかの研究室を感じる。

典明　うむ。
軍一郎　（何か声を出す）
軍二郎　ああ、録画してあるよ。あの番組を見よう！
典明　二人とも、もう休め！

軍二郎、テレビをつける。
大家族のドキュメンタリーが映る。
喜ぶ軍一郎。

軍二郎　兄さんはこの番組が大好きだなあ。僕も好きだよ。ファットダディ、いいキャラしてるだ。
典明　我々も、ああなるべきだったかな。
軍二郎　父さん。彼らには、むきだしの人間の美しさを感じないかい？　むきだしてこそ、人間さ。
典明　俺を憎んでいるんだな？
軍二郎　僕が父さんを？　（笑う）そんな馬鹿な。

豚のような男が、隠し扉を開けて見ている。
次第に明かりは消え、映像。
『ど貧乏！　大家族奮闘記・三蔵父ちゃんはつらいよ！　佐伯家パート12』
汚いアパート。
佐伯三蔵の妻みよ子。その子供たちのＤＱＮそのものの朝食でワイワイしている。
花を供えた仏壇がある。
テレビクルーも入っている。

みよ子　天響《ていな》、天響！　はよ、ご飯食べ。匠音《しょーん》も、ほら、寿限無《とわに》も、ハリアップや。お代わりしてる場合ちゃう。がっこ、おくれんで！　もー、寿限無、桜でんぶ、ポロッポロこぼしてまた！　それを見て見ぬふりした天響も同罪やで。

天響　お母ちゃん、振門茶《ふるもんてぃ》が！

みよ子　だー！　振門茶！　ちんちん丸出しで、なにうろうろしてんねん！　高校二年やで、もう！　あんた、ラ王か！　椎名桔平《しいなきっぺい》か！　誰も知らんわ、そんなもん。

振門茶　（全裸で）僕のパンツ見つからへんねん！

三蔵、パンツ一丁で出てくる。

三蔵　顔素《かおす》！　お父ちゃんのナッパ服まだパリッとしーひんのか？　お父ちゃん仕事出られへんぞ！　顔素、いそぎ！

みよ子　あんたもなんでパンツ一丁やねん、今日、テレビ入ってんで。あんたがカオスや！

三蔵　あんだら、ぼけえ！　ナッパ着てぇ、その上から、ニッカポッカ履《は》いてぇ、バンドでしめあげんねやないか！　顔素！

顔素　（アイロンがけしていた）できたわ、うっさいなあほんまに！

三蔵　（うけとって着ながら）ニッカポッカ履いてからナッパ着たら、どあほ、バンドまたはずして、二度手間《でま》になるやないけ、合理的に動いとんじゃこっちは‼

みよ子　バンド言うな、ベルト言え！　なに、いきっとんねん、われぇ！

三蔵　ハイハイ、いきってすいませんでした。（土下座）これでええんか？

みよ子　なんじゃそれ！

振門茶　ダディ！　それ、僕のパンツや！　ちゃんと振門茶て、書いたあるもん！

三蔵　だあっとれ！　ダディのパンツの中から生まれたおまえのパンツ、ダディが履いて、なんで悪いねん！

みよ子　あんたのパンツから生まれるかい！　うちの股《また》からひり出したんや！

三蔵　誰がそんなリアルな話せえちゅうとんねん!!

みよ子　ええから、はよ、ズボン履いて仕事いって金もらってこい。電気代もよう払ってないねんぞ！　ぶた、かば！

三蔵　誰がかばやねん！　脳味噌《のうみそ》吸うたろか、このあま。

天響、「こわいよー」と泣きだす。

みよ子　吸われるほど脳味噌あったらあんたと結婚してへんわ！　ほら、血露流安《ちろりあん》、地球《あーす》のおしめ、はよ変えてや。うんこが、こんにちは、してるで！　天響！（仏壇を差し）花に、チーンしてからがっこ行き！

三蔵　ほんまに……（カメラに）泣けてくるわ。もう、行ってくるで！

みよ子　待たんかい！

三蔵　なんやねん！

みよ子　行ってきますのチューは!?

三蔵　なに考えとんねん！　カメラおんのに。

みよ子　カメラに怯《おび》えてチューもようせえへんのか⁉　行ってきますのチューせな、また朝の、いざこざ腹んなかにためてためて、ほいでチンタラ仕事して終わって、絶対酒飲むやろ、紅ショウガのフライみたいな犬もよう食べんようなアテで、ベロッベロになるまで。酔うて帰ったらまた「朝、何言うた？」てとこから水掛け論の蒸し返し。そのまま喧嘩《けんか》みたいなセックスに流れ込んで、アホな子供生まれます。はい、それをアホの悪循環《あくじゅんかん》の法則言います。はよほら、行ってきますのチューして、はい。チューは、なんでも終わらす魔法のスイッチじゃ！

三蔵　しゃ、しゃあないなあ！（キスしようと）

みよ子　あかん。……「愛してる」がない！

三蔵　（笑う）なんでやねん、じゃまくさい！

みよ子　愛のないチューされんねやったら、三〇〇〇円もろてイオンモールでラメのスパッツでもこうたほうがなんぼか生き返るわ！

三蔵　（ためいき）……愛してるて。みよ子。20年前、扇町《おうぎまち》ミュージアムスクエアの前で……もっと言うたら、南河内万歳一座《みなみかわちばんざいいちざ》の稽古場の前で、待ち合わせしてから愛してないこと一秒もないわ！

みよ子　……うちかて、初めてあんたのテレクラの電話受けた時からもう、こんな溌剌《はつらつ》としたテレクラ初めてや！　ゆうて、ときめいてうずいて頭ポーンてなったままやっちゅうねん！

二人、熱烈なキスする。

子供たち、どんより。

三蔵・みよ子　（カメラに）ほんますんません！　ほんますんませんした！

声　今日も朝から生々しい佐伯《さえき》家。ファットダディの三蔵《さんぞう》さん、みよ子ママのためにも、今日はお酒飲まないで帰ってきて～！

この間、全員、記念写真のように揃う。

三蔵　（落ちている花を生け直し、仏壇に手を合わせ）花、行ってくるで！　ほな、ダディ銭稼《ぜにかせ》いでくるさかい！

家族たち　いってらっしゃーい！

三蔵　（玄関出る）……はい、カメラは、仕事の時はここまでで。お疲れ様でした。

ＴＶクルー　お疲れ様でした！

風が吹く。

ディレクター　あ、佐伯さん、ちょっと……新しいネタないすかね……実は、視聴率がずっと下り坂で。打ち切りの話もちらほら……。

三蔵　（ものすごいショック）ほんますか。

ディレクター　一番目の……お嬢《じょう》さんの話に踏み込みますか？

三蔵　……それは、それだけは勘弁《かんべん》してください……じゃあ仕事なんで、ここで！　（腕時計に）つげ分析官、ただいま向かいます。

三蔵、道を歩き、電柱の横のゴミ箱の前に。
人目をしばしうかがい、ゴミ箱の中に入る。
ゴミ箱が光り、すごい音がする。

音楽。とともに、CGによるアニメーションによって、三蔵が、地下に続く隠しエレベーターや動く歩道などあらゆるカッコイイ手段を使い、その間に背広やトレンチコートなどに着替えつつ「本部」へ向かう映像（または、なんとか本当の動きで）。

ナレーション　大家族シリーズの人気者、佐伯三蔵。しかし、それは仮の姿。彼こそは、国家公安委員会直属の、超法的集団、国際未解決事件捜査班ミッシングの特務捜査官なのだった！

カッコイイ通路を抜け、まるで、つげ義春の世界のようなアパートの内部へ。
つげ、お茶を持って出てくる。

つげ　やあ。佐伯君。
三蔵　つげさん、どうも。
つげ　パリはどうでした。
三蔵　犬の糞《くそ》だらけでした。

つげ　お茶、よかったら。
三蔵　副業《ふくぎょう》の漫画のほうはどうです。
つげ　あいかわらず、人気がなくて、打ち切りが続いているよ。裏も表も未解決。よくできた話さ。
三蔵　横山《よこやま》くんは？

ドアを開けてnanana、入ってくる。

nanana　あら、来てたの？　三蔵さん。
三蔵　芸名、nanana、だっけ？　歌手活動、続いてるみたいだね。
nanana　キャバレー回《まわ》りだし、半年前からパパもいるけどね。テレビ、見てるわ。人気者ね。
三蔵　いやあ、もう12シリーズもやってて視聴率も下り坂なんだ。一人一人珍《めずら》しい名前考えるのも、とても苦しいよ。
つげ　それが時代って、やつかな。
nanana　大変ね。梨《なし》をむいてあるの。
三蔵　え？　ああ、梨、むいたのか。
つげ　うん。
三蔵　ああ。
つげ　どうかな、と思って。
三蔵　じゃあ。

三人、梨を食べる。

つげ　……もう、秋かあ。

三蔵　……あの。

つげ　うん。

三蔵　なんだ、この空気!?

間。

つげ　ああ?

三蔵　ああ、じゃないです、つげ分析官！　横山捜査官！　ここは超法的機関、国際未解決事件捜査班の、ほ、本部ですよね。ミッシングなんていう、すかしたシークレットネームまでもらってるんですよ！

ナレーション　国際未解決捜査班、ミッシング、ミッシング！

三人、ポーズ。

三蔵　はい。で、久しぶりの未解決事件の捜査で集まりいの、最新の移動装置を駆使しいのでたどり着いて。それがなんで、お茶飲みいので梨食いいのなんですか！　中途半端な、小津安二郎《おづやすじろう》の世界みたいに！

つげ　……ああ。

ｎａｎａ　ええ。

三蔵　（つい）うん。……じゃなくて！

つげ　……前政権の時代、ミッシングは国家公安委員会によって秘密裏に設立された。世界の未解決事件を分析し、凶悪な国際犯罪を未然に防ぐ超法的捜査班だ。しかし、新政権は、我々の予算を大幅に圧迫してきた。確かに、秘密通路に必要以上の予算をかけすぎていることはいなめない。

ｎａｎａ　ときどき、展開がめまぐるしくて吐きそうになります。

つげ　電車で来ちゃダメなんですか？　電車じゃダメなんですかって、何度も言われた。蓮舫《れんほう》に。

三蔵　くそ。魔物が飛び出すほどのハイレグ着てたくせに。

つげ　だから、新政府の査察《ささつ》がいつ来てもいいように本部だけでもできるだけ貧乏臭くしてるわけさ。

村西、入って来る。

村西　秘密通路は必要です！　特に、何回も無駄に扉が閉まったり開いたりするときのスパイ感、たまりませんでした！

三蔵　（ヌンチャクを振り回し）誰だ！

つげ　新しいメンバーの村西五郎君だ。

三蔵　村西五郎？

nanana　我々が、最後に解決した世界連続小規模爆発事件の犯人ですよ。

三蔵　ええええ。

nanana　そんなにおもしろく驚くのも無理はないわ。

三蔵　だって、前は和泉元弥みたいな……

nanana　整形したんですって。

村西　今も心は和泉元弥です。

三蔵　じゃあ、なにもいいとこないじゃないか。

nanana　一九九九年から二〇一〇年にかけて、世界各地の紛争地帯で、あらゆる種類の爆弾による爆破事件が七回にわたって起きた。共通点は死者・怪我人《けがにん》、すべてゼロ。

操作パネルにつげが触れると、音楽とともに壁が開き、そこには世界地図と、最新の機器。いくつものテレビモニターに、世界各地での爆破の模様が浮かび上がる。

つげ　その無害な爆破は、各国の警察機関に無視されたが、我々が盗聴ハッキングを含む超法的調査を行なった結果、有名戦場ジャーナリストの村西五郎の犯行であると突き止めた。そして彼が国際的テロ組織の爆弾製造にかかわっていると判断し、逮捕した。

三蔵　ところが、彼にバックボーンなどなく、捕まえてみれば、ただの趣味の武器オタクだった。

nanana　忘れない、あの時の落胆《らくたん》。

村西　武器作りが趣味でして。へえ。作ったらやはり、爆発ってものは見たいものですね。んー。世界各地の紛争地帯でやれば誰にも怪しまれないと思って、戦場ジャーナリストになったんですが。みなさん、さすがです。

三蔵　ただの武器マニアの愉快犯《ゆかいはん》一匹をあげるために十年という時間と、五億の予算を使ってしまった。

nanana　あげく、彼を逮捕するさい、一般人に重傷を負わせる始末。新聞にも撮《と》られて始末書《しまつしょ》書かされるし。

軍二郎の部屋で大写しにされた爆破の映像。

村西　僕が逃げようとして慌《あわ》てて爆弾を捨てたからです。あの人には申し訳ないことをした。人に怪我だけはさせたくなかったのに……あんたらが、追いかけるからあ、慌ててさああ！

三蔵　なんだと、この腰抜け野郎！（ぬんちゃくを振り回す）爆弾使うなら、死者くらい出せ！　つりあわねえだろ、五億の予算と！

つげ　この失態は予算削減要求の決定的標的になり、我々の報酬は、スシローのバイト以下になってしまった。本当にすまない。

村西　スシローの本マグロは、メキシコ産ですが……だからって、だからって、大丈夫です。

三蔵　黙ってろ……。だからこそ、私たちは、各々《おのおの》に副業を持ち、予算を持ち寄ってまで頑張ってるんじゃないですか。私はねえ、性生活すらマスコミに切り売りしてるんですよ！　嫁《よめ》相手のセックスが、生なのかゴムなのかのサスペンスで！

nanana　佐伯三蔵捜査官。
三蔵　なんだ、横山奈々子捜査官？
nanana　（冷静に）気持ち悪いです。
三蔵　（冷静に）いや、気持ちいいんだ。
nanana　それが、気持ち悪いんです。
つげ　仲間割れはやめろ。先日パリから戻ってきた佐伯捜査官のおかげで、我々はここ数年、調べていた世界各国で起きている不可解な暗殺事件に、小さな共通点を見つけた。
三蔵　すべての暗殺死体のそばに、暗殺者の死体。全員、日本人だ。
nanana　遺体解剖の結果、暗殺者のほとんどが重篤《じゅうとく》な病気に侵《おか》されていた。
つげ　今は芥子粒《けしつぶ》ほどの点だが、それが線でつながれば。日本を、いや、世界各国の存亡《そんぼう》を揺《ゆ》るがすような凶悪犯罪に……

セリフのあいだ、モニターにパリ、中国、ミュンヘンなどで起こった未解決暗殺事件の記事が。

三蔵　本当ですか？
つげ　気がする、としか今は言えんがね。この捜査を公安委員会に申し出たところ、直々《じきじき》に言われたよ。震災以降、もう、日本は世界のことは構う余裕はない。ミッシングはこれからは……趣味でやれと。
三蔵　趣味!?
つげ　すべて実費となる。それでも続けますか？　ミッシングを。

別の場所（道）に、早川と、それを追うひかる。
早川、ギターを持って急ぎ足。

ひかる　趣味ちゃう！　おっちゃんはプロや！

早川　昔の話だ。

ひかる　そら、今は誰もおっちゃんのこと知らへん。伝説のフォークシンガー早川速男《はやお》！　そんなんゆうたかて、だーれも覚えてるもんおらん。今は、ただのナマポのおっさんや。でもな、それだけは売らさへんよ、うちがおっちゃんのルポ書いてるうちは。

早川　（振り返り、なにか言おうとするが咳）

ひかる　どないしたん!?　大丈夫か、おっちゃん！

犬塚、現われる。びっこをひいている。

犬塚　早川さん。探しましたよ。今月の支払い、利子だけでも今日、なんとかお願いできませんかねえ？

ひかる　待ってえや、この人、病人やで。誰です？

犬塚　セックス＆ザ・シティ金融のものです。

早川　見ない顔だな。

犬塚　新人の犬塚です。系列会社のキャバレーでボーイをやってました。（紙を出して棒読み）あんたが、病人だってことは、うかがってますがね。うちも商売なんでねえ。

早川　そんなマニュアル通りの催促《さいそく》に払う金はねえ！　そもそも金こそねえ！

犬塚　そんなこと言わないで、俺だって病気の人間からむしりたくはないけど、上司たちからの突き上げがきついんです。

早川　どんなふうに。

セックス＆ザ・シティ的音楽。

女上司四人、きめきめの衣装でファッションショーのように歩きながら出てくる。なぜか、女子トイレの洗面所のていでメイクを直している。

上司１　今度入った新人くん、どう？

上司２　てんで使えない。草食系のマニュアル男。環境ホルモンのせいかしら。

上司３　いいえ、男の部下はいつも一緒。上目づかいでこっちを見ながら、どこかで女を見下して小さなプライドを満足させてる。

上司１　ま、それがバレバレなのがかわいいんだけど。

上司４　そんなことより、聞いて。表参道にとびっきりのパンケーキの店を見つけたの。

上司１・２・３　わーお！

上司３　今や、東京では、男よりパンケーキがスリリングな時代。

上司たち　行きましょう！

音楽とともに上司たち去る。

早川　……ごめん、今の話のきついポイントを教えてくれ。

犬塚　すぐに、パンケーキ食べに行っちゃうんです。地獄ですよ、いっつも話の途中で。

早川　行くわ。

犬塚　早川さん！

早川　そのパンケーキ屋に。

犬塚　（マニュアルを読む）そんな金あるなら返せや！

早川　安心しろ。今月分はこれ（ギター）を売って払う。

ひかる　あかんて、ギターはミュージシャンの命《いのち》ちゃうの!?

早川　聞いた風なこと言うな。ピースしかできない左手で、どうやって弾《ひ》く？（咳こみながら去る）

ひかる　おっちゃん！　犬塚君、やめさせて。

犬塚　僕がですか!?　それは、どうなんだろ。

ひかる　あんた借金取りやのに、ええ人そうやから。

犬塚　え？　ええ人？　って、言う、き、君は……？

ひかる　おっちゃんの友達……いいえ、伝説のフォークシンガー早川速男の伝記書いてます。ルポライターの卵みたいなもんです。（去る）

犬塚　あの、名前は？

ひかる　ひかる！　砂漠《さばく》ひかる！
犬塚　……砂漠ひかる。（追う）

軍二郎とミャンが出てくる。

軍二郎　ミャンくん、今の見た？　短時間で三人の名前と職業、人物関係が、すっと違和感なく入ってきたろう？　人物紹介ってのはああいうふうにやるもんだ。
ミャン　なるほどね、勉強になるわ！
軍二郎　……（叫ぶ）次はないけどな！
ミャン　え？

バラバラと組員が現われる。

軍二郎　おい、よくも俺をダスキンの下にもぐらせてくれたな。あの日、一日落ち込んだぞ。騒げ、もっと！
ミャン　え!?　え!?

ミャン、ものすごい身体能力で組員たちと戦うが、やはり敗れ、連れ去られる。
辛龍会会長の母、ものすごく高いヒールを履いたミンス、現われる。部下のドンナムも。

ドンナム　ミンス姐《ねえ》さん、足元《あしもと》!!　足元、気を付けなさってておくんなさい！　今のはうちの若い衆のミャンですぜ。助けなくていいんですか？

ミンス　いいのさ、ドンナム。貸しを作っといたほうがいいってこともある。シンに知らせておやり。オンドルスタン人に楯突《たてつ》くと高い代償を払うことになるって教えてやるいい機会さ。

ミッシング本部、再び。

三蔵　趣味でやれって……

nanana　ゲームオーバーね。

つげ　……言ってて、恥ずかしくならんかね？

nanana　すみません。

ズズン、と爆破音。

部屋が揺れる。

警報が鳴る。

声　緊急警報。機密通路の第七ゲートが爆発しました。ミッシング、ふっ、の皆さん、でしたっけ？第七ゲートの自動爆破装置が作動し、爆発しました。

三蔵　今、笑いやがった！　コンピューターの警報のくせに。監視カメラは？
声　作動不能。なにものかが地下通路の制御システムに侵入し、遠隔操作でサイバー攻撃を仕掛けている様子です。
つげ　なんだって？（パソコンを打つ）
三蔵　まさか、（村西に）あんた？
村西　違いますよ！　僕は、あの事件の禊《みそぎ》のためにミッシングに入ったんです！
三蔵　なに？
nana　つげさんに監獄でヘッドハンティングされたの。この人、武器やコンピュータに詳しいし、お金持ちらしいから。
村西　超法的機関なら、爆弾を自由に使えると思いまして。よろしくお願いします！

爆発音。

nana　ええ!?

基地内の機密通路の地図を見ると、本部に爆発が近づいているのがわかる。

声　第六ゲートの自爆装置が起動しました。危険です。ただちにセキュリティコードを書き換えて、防火シャッターを降ろしてください。その、ふっ、ミッシングの方々。

一同　笑うな！
つげ　やってるんだが、すべて先回りされて暗号を突破してくる。どうやっても、エロ詩吟《しぎん》を歌ってる人の動画しか出てこない！
村西　……しかも、これは、テレビでは放送できないやつですぞ！
三蔵　そこはどうでもいいんだ。

また、爆発音。

nanana　爆発がドンドン近づいてきている。
つげ　我々を本部から追い出すため、じょじょに攻撃を仕掛けてきているとしか思えない。見えない敵が。
三蔵　見えない敵ですって!?　（携帯で電話する）
nanana　なんで、じゃっかん嬉しそうなの？
三蔵　おう、みよ子か!?　今日、お父ちゃんの仕事、初めて注目されたで！
nanana　そっちか。
三蔵　……え？　（携帯に）なにいい！
nanana　？
三蔵　つげ分析官、三歳になる息子、地球と書いてアースが、家で誤ってビー玉を飲み込んでしまった模様です！

つげ　（パソコンを必死で操作しながら）それは大変だが、私に今報告することかな!?
nanana　ミッシングの地下通路はトップシークレットのはず。それが見つかるってどういうこと？
村西　はははは。
つげ　（村西の首を絞める）そんなにおもしろいか、エロ詩吟は!?
村西　（タブレットを見ていた）違います！　それで笑ったんじゃない。
nanana　？
三蔵　（別のパソコンを叩いていて）ビンゴ！
nanana　パスワードが解けたの？
三蔵　「息子、ビー玉、飲み込んだ。」で検索をかけたところ、ヤフー知恵袋につながり、「心配無用、うんこになって外に出ます。」というベストアンサーを見つけました！
ナレーション　国際未解決事件捜査班、ミッシング！

三人、ポーズ。

nanana　死ねよ！（三蔵に跳び蹴り）
つげ　ここは爆破しよう。敵の掌《たなごころ》にいるようなものだ。
三蔵　爆破？
つげ　敵のクラッキング技術は化け物クラスだ。ＣＩＡでも入れないほどのセキュリティシステムに侵入しパスワードを書き変え、さらにおもしろ動画まで配信しはじめた。

村西　しかも、テレビでも放送されてない地方のイベントを収録したエロ詩吟です。これは……さては……結婚式の二次会か？

三蔵　知るか。もしや、遠くからじわじわ責めてきているのも、意図があると？

つげ　侵入検知システムを見ろ。手動に切り替えた暗号を次々と突破し、ミッシングの内部情報を乗っ取ろうとしている。このメインフレームを破壊しない限り、我々のすべての超法的捜査の秘密が明るみになる。

三蔵　実はさっきから何を言っているのか、だいたいのことしかわかりませんが……大家族の父親がスパイだなんてことがばれたら……近所の人間に白い目で見られる。

爆音。

つげ　今、もっとも重要な情報はこのパソコンにバックアップ中だ。こうなればやられる前にやれだ。爆破しかない。

郷愁の音楽。

nanana　……用もないのにここに来て、大貧民とかよくやったわよね。

三蔵　インリンが表紙の『サブラ』。こんなもの私の家に置けないだろう。ここには……置けた。（笑い泣き）そんな場所だった。

つげ　だが、みんな、私の予感は確信に変わった。
nanana　なんです？
つげ　わからないか？　私たちが、この不可解な国際暗殺事件を捜査しはじめたとたんに、敵は動きはじめた。
三蔵　……なるほど。つまり、相手は怪物かもしれないが……我々の捜査に怯えてもいると。
つげ　一見バラバラな暗殺事件はやはり一本の糸で繋《つな》がっているということだ。巨大で凶悪な。
nanana　我々は間違っていなかった、って、ことですね？　つげさん！
村西　さしずめ。

音楽、止まる。

三蔵　「さしずめ」ってなんだよ。
村西　……
つげ　バックアップ完了。名残惜しいが、自爆装置のスイッチを入れるぞ。みんな急いでくれ！
三人　はい。
声　自爆装置が作動しました。自爆装置が作動しました。あと5秒でミッシング本部を爆発します。
三蔵・nanana　はやっ！
村西　おかしいでしょう！　その設定！
声　5……4……3……2……1……

つげ　あ‼　靴紐《くつひも》がほどけた！　いや、靴紐がない！　いや、靴を履いてない！（逃げる皆にパソコンを放って）これを！

暗転。とともに、爆音。
次々に起こる爆発音（映像も？）。
切ない音楽。
つげ分析官の幼いころからの写真が走馬灯のように流れる。
どこかの丘の上。
ボロボロの三蔵とｎａｎａｎａと村西が黄昏て立っている。

三蔵　靴を履いてなくたって、逃げればよかったのに……
nanana　本部なき今、我々の捜査官としての存在はこの世から消えた。残るは、つげ分析官の残したノートパソコンのみ。
三蔵　続けるか？　報酬は、プライド、それのみだ。俺は続ける。
nanana　私もよ。ナンバー３《スリー》。
三蔵　ナンバー３？
nanana　佐伯三蔵だから、３。いっぺん、そう呼んでみたかったの。そして、私はｎａｎａｎａだからナンバー７《セブン》。……かっこつけてるつもりはないわ！　モチベーションを上げるためよ！
三蔵　そ、そうだな。

村西　私、ナンバー5《ファイブ》から、悪い知らせがあります。
三蔵　あんた、五郎だからな。言ってみたまえ。
村西　（タブレットを出して）さっき言いそびれたんですが、ナンバー7、あなた、GPSチップを誰かに付けられてます。
nanana　ええ!?
三蔵　ナ……その……ナ……
nanana　自信を持って！
三蔵　ナンバー7。最近、身につけた新しいものは？
nanana　……（首輪に触る）ええ？　軍二郎？　……なぜ!?
三蔵　今外すな。気づいたことがばれる。
村西　あ！
三蔵　なんだ？
村西　UFO！

空をUFOが飛んでいる。

第4章　宇宙人と独裁者

場所が変わって、軍二郎の部屋。
ミャンもいて、パソコンをいじっている。
ネアンデルタール人の面をかぶった軍二郎が現われる。

ミャン　きー！
軍二郎　驚くことはない、これは、ネアンデルタール人の顔だ。人類の親戚みたいなものだ。彼らは憎しみを知らない生き物だったらしい。だから滅んだ。しかし、彼らに知恵さえあれば、こんな世の中にはならなかったと思わない？　（面を脱ぐ）
ミャン　もう少しでメインフレームの中枢《ちゅうすう》に侵入できたのに。
軍二郎　自爆したんだろう？　結局、地下組織の正体は不明だが、これでしばらく彼らも身動きがとれないだろう。ミャン、短期間でよくここまでクラッキングが上達したな。
ミャン　nanaへのメールに仕込んだウィルスによって、彼らのセキュリティシステムへ侵入することに成功したんです。例の写真の隣の男の顔も解析済みです。つげ忠晴《ただはる》という漫画家のプロフィールと、一致しました。

軍二郎　ｎａｎａと漫画家。人間のつながりというものは時に不可解だな。なればこそ、そこには逆に深い意味があるはず。
ミャン　しかも、今日、漫画家の死亡記事が出ています。原因は、不明とのこと。
軍二郎　自爆の巻《ま》き添《ぞ》えだろう。ミャン。よく調べた。辛龍会のスパイもうまくこなしてるし。かわいい猿だ。こいつ（ミャンの髪をとると猿の顔になる）。
ミャン　それやめてくださいよー。きー！
軍二郎　遊ぼう。よく遊ぼう。

二人、激しくじゃれる。
豚人間のビッグが、隠し扉から見ている。

軍二郎　あ、ビッグ。
ビッグ　嫉妬《しっと》を感じている。
軍二郎　ん？　どうした？
ビッグ　ビッグは、二人の仲の良さに激しく嫉妬を感じている。
軍二郎　よせ、嫉妬の感情は醜《みにく》い。
ビッグ　嫉妬、積極的に見せていくつもり。この正直さ、美しい。（おはぎを食べながら）ビッグ、美しい。
軍二郎　おはぎ食い散らかしながら、言うことじゃないやい。
ビッグ　おはぎ、やめない。人間、スポーツと勉強を両立する。ビッグ、嫉妬とおはぎを両立する。

軍二郎　よせよ。同じ、進化工学被験体同士じゃないか。
ビッグ　ミャンは猿。もともと人っぽい。俺は豚。二歳まで四本足で歩いてた。……距離を感じる。
軍二郎　ビッグにはとびっきりの出番を用意してあるんだから。オンドルスタン語の勉強は進んでるんだろうな？
ビッグ　大丈夫だ。

サルバドルが出てくる。

サルバドル　ビッグ！　実験室に戻りなさい！　君の脳の発達はまだ安定していない。まだ、かなり豚だから。
ビッグ　……この人、嫌い。
サルバドル　いいんだ、嫌われたって。
ビッグ　肌の質感が嫌い。
サルバドル　ああ、お互い様だね！

指で口の中を触っている軍二郎。

ミャン　どうした、軍二郎。
軍二郎　この前折られた奥歯が生《は》えてきた。

サルバドル　（高揚して）すごいぞ。三回目の歯か！　人類の寿命の長さをかんがみれば、いつ起きてもおかしくない進化だ！　人間の大脳新皮質の上に新しい皮質を作ることにはすでに成功したが、外見的進化は初めて確認した。永久歯の後に生えてきた歯！　進化は永久の向こう側にたどりついたのか！

ビッグ　そういうテンションが、一番嫌い。

サルバドル　もう一度、ただの豚に戻してやろうか！

ミャン　（パソコンを見ながら）軍二郎。ｎａｎａｎａが今、どこにいると思う？

軍二郎　……さあ。

ミャン　シンの家だ……これは……ベッドルームだねっ。

軍二郎　爽《さわ》やかに言うな。

ミャン　小刻みに動いている。これは……縄跳《なわと》びをしているねっ。

軍二郎　するか！

サルバドル　軍二郎。ｎａｎａｎａのことはあきらめるんだ！

軍二郎　なぜ、俺じゃなく、シンなんだ。それがわからない。相対性理論の矛盾点まで指摘した僕に、なぜ、それがわからない。わからないことが不愉快だ。

サルバドル　軍一郎の受け売りだろう。進化促進剤に強い不適合反応を示す君には、彼より弱いワクチンしか与えてない。所詮《しょせん》、君は人間レベルの天才。神の視点すら持ちえた軍一郎の通訳者なんだ。恋愛のことなど知らなくていい。

軍二郎　……ときどきあんたを殺したくなる。

サルバドル　なんだと？

軍二郎　昔、それがどんな感情か知りたくて、人を殺したことがある。まったく知らない人間を……何も感じなかったな。

サルバドル　……嘘だ。

♪「サイコ」の着信音

軍二郎　携帯だ（電話に出る）。

サルバドル　ずこーっ！

軍二郎　はい。勝場軍二郎ですが……

サルバドル　ふん。

サルバドル、去る。

別の場所にミンスが浮かび上がる。

ミンス　勝場の若頭さんかい？

軍二郎　そうですが。

ミンス　あたしは、辛龍会会長シンの母親のミンスだ。軍一郎はいないのかい？　軍一郎のほうが賢いんだろう？　あたしは賢い男と話したいんだ。

軍二郎　あいにく、兄さんは大事な仕事で留守にしていてね。
ミンス　そりゃあ、残念だ。ところで、あんた、うちの組のミャンを拉致《らち》ったらしいじゃないか。
軍二郎　俺をダスキンマットの下に誘い込むようなふざけた真似をしたんでね、けじめをつけさせてもらってます。おら！　（殴る真似）
ミャン　姐《ねえ》さん！　助けてくれ！
ミンス　かわいそうなことをするね。じゃあ。こっちの悲鳴も聞いてもらおうか（鞭でぶつ音）。

隣に、縛られた典明が悲鳴とともに浮かび上がる。
その隣にはドンナム。

ミンス　家《うち》の経営するSMクラブでウンコ漏《も》らした不届きものがいるっていうから、とっ捕まえたらあんたとこのオヤジだって話さ。
典明　なぜ！　なぜ、SMクラブでウンコを漏らしちゃあいけないんだ！　わけがわからない！
ドンナム　受付で漏らすからだよ！
典明　あっ。
ドンナム　順序ってものがあるだろ！　おかげで今日は営業停止だバカ野郎！
ミンス　オヤジを返してほしかったら、ミャンとあんたの兄さんをうちの事務所に連れてきな。
軍二郎　なぜ、兄さんを？
ミンス　勝場組が、株や会社の乗っ取りでどんどん資産を増やしてることは知ってんだ。そしてそれがすべて、あんたの兄貴の差《さ》し金《がね》だってのもね。少しはそのノウハウを分けてくれてもいいだろう。

典明　代われ！（携帯に）軍二郎、すまない！

軍二郎　父さん、なぜ、ＳＭクラブに？

典明　……罪悪感だ。極道《ごくどう》の頂点を極《きわ》めた今、ＳＭ以外に俺を罰するものはない。おのれの功名心のため、おまえたちの母親を死なせてしまった自分をＳＭで罰しているのだ。信じてくれ。快楽のためじゃない。もう、女王様だけでも責められ足りない！　女王様から、一歩前進して、受付の人にも責められてみよう！　そういった決心のもとに、入った途端、ウンコを漏らしてみた。そしたら、こうなった。やっちゃった！

軍二郎　……ごめん。何を言っているんだ？

ミンス　シーバラマッ！　三文芝居《さんもんしばい》はおよし。ドンナム！　こいつを連れてきな！　40秒でしたくしな！

ドンナム、典明を連れていく。

ミンス　（電話に）兄貴が帰ってきたら、連れてくるんだよ！

軍二郎　会ったら、びっくりしますよ。

ミンス　どういう意味だい。

組員　若頭！

軍二郎　何だ！

組員　殴り込み、殴り込みです！

軍二郎　殴り込み？

軍二郎、電話を切る。部屋が消える。

ミンス　なんだって？　切りやがった。（奥に）シン！　シン！

半裸のシンとｎａｎａｎａが出てくる。

シン　母ちゃん！　大変、大変！　ジョンオク父ちゃんがテレビに出てる！

ミンス　あんた！　勝場組に勝手に鉄砲玉《てっぽうだま》送り込んでないだろね！

シン　知らねえよそんなの。それより、テレビ、テレビ！　オンドルスタンに大変なことが起きてるんだよ（去る）。来て！　軍の基地内にＵＦＯが不時着したんだと！

ミンス　（近くのテレビをつける）

シン　（ｎａｎａｎａに）あ！　どさくさ紛《まぎ》れに俺のケツに何突っ込んだ！

ｎａｎａｎａ　ごめん！　興奮してつい、手元にあった消臭元《しょうしゅうげん》を！

シン　ダメだよあれは！　返しがついてるから！（去る）

ミンス　（ｎａｎａｎａが驚いているので）どうした。

ｎａｎａｎａ　……知らなかったんです。オンドルスタンの独裁者、ジョンオク将軍って。

音楽。
ジョンオク将軍の垂れ幕。

ミンス　そうだよ、あたしの元旦那、つまりシンのオヤジさ。若いころは音楽家目指してたようなヤサオトコだったけど、売れなくて貧乏でねえ、一方あたしは野心家でさ、日本で一旗上げたかったから袂《たもと》を分かったんだ。でも、あたしが生まれたばかりのシンを連れて日本に渡ったのがよほど悔《くや》しかったんだろね。ジョンオクは急に兵隊に志願したんだ。そして、すでに政治的に破綻《はたん》していたオンドルスタンでクーデターを起こした。そしたら、あれよあれよと将軍の座に登りつめたのさ。ちぇ、惜《お》しいことしたよ！

隣の部屋からテレビの声が聞こえる。
垂れ幕をバックに、オンドルスタンの演説バルコニーが出現。
豚のビッグそっくりのジョンオク将軍。

ジョンオク　（力いっぱい）プンスゲ！　ピルチョギ、スンヌッチャロスミダスタン！　オンドルニスタン、ポンチョゲヨ。ヌルチョン、ジョビジョバ、ドコイッタンスミダ！　オーチンコノサキ、ヌルルン。ワガチンコノサキ、スッゲ、クッサミダ。ソンデ、ジョビジョバ、ドコイッタンスミダ！　ミンスー！
（訳：旧体制は滅び、我がオンドルニスタンは地上の楽園となる。オンドルニスタンの行く手を阻むものはたとえ大国であろうとも、地獄の炎に包まれるだろう！　あなどってはいけない。我が国は偉大なる味方を手に入れたのだ。それを各国の首脳にご披露しよう！　私の別れた妻にも見せてあげたいと思ってる！　元妻ミンスー！　見てるか！）

盛大な歓声。

「ミャンセー！」「ミャンセー！」

nanana　……

ミンス　（見てきて）ジョンオクの力を利用しない手はないね。あいつはまだあたしに惚れてるから。

……おやおや？

nanana　？

ミンス　何かが違う。

nanana　ええ？

ミンス　昨日までのあんたの目は、ただの息子の愛人だった。

nanana　や、そうですよ、シンさんとは身体《からだ》とお金の割り切った関係で。

ミンス　そう。ただの、ヤリマンの鼻フック顔の、おっぱいおばけだった。

nanana　ははは。はは。

ミンス　でも今日のあんたは、違う目をしている。

nanana　いーー？　いやいやいや。

ミンス　いいかい？　ジョンオクを見損なってから、必死で磨《みが》いたものがある。洞察力《とうさつりょく》さ。ドンナム！

ドンナム、出てくる。

ミンス　この女をしぼりあげな。そもそも勝場組の店で働いてたってのが怪しいよ。まずはそうだね

……鼻フックだ！

nanana　これ以上⁉

ミンス　40秒でしたくしな！

音楽。

勝場組事務所。

サングラスをかけてヤクザに変装した三蔵と、勝場組のヤクザたちが乱闘している。

かなり強い三蔵。

三蔵　違う。だから、違うんですってば。俺は、この組に入りたいだけなんです！

ヤクザ1　嘘つけ。辛龍会のスパイだろ！

ヤクザ2　そんな歳《とし》食ってるやつが、いまさらヤクザ目指すか、バカ野郎！

三蔵　ほんとだって、例外はどこにでもある！

いつの間にか、軍二郎、背後にまわり、三蔵の頭にピストルを突き付けている。

軍二郎　これでもまだ、暴れますかね、侵入者さんよ。
三蔵　暴れるつもりは毛頭《もうとう》ないが、命ぃ狙われちゃあこういう奥の手も出ます。（シャツをはだけると腹にダイナマイトが巻いてある）あなたが、銃の引き金に力を入れてみようかなとゆっくり思うのに1秒。
軍二郎　……ゆっくり思う？
三蔵　俺が、あそこの灰皿のライターに手を伸ばすのに0・5秒。あなたが、俺を殺そうと、ゆっくり思って2秒。俺がこの導火線に火をつけるのに0・2秒。そして導火線からダイナマイトに火がつくのに3秒。あなたが、引き金をゆっくり引き終えるのに5秒。……そして弾《たま》がゆっくり出てきたとしたら3秒。
軍二郎　つまり？
三蔵　この組は、木端微塵《こっぱみじん》。
軍二郎　やってみようか。
三蔵　やめましょう。すいません。そんなにゆっくりしている人は見たことありません。弾、すぐ出ます！　すいませんした！　さーせんした！
軍二郎　……あれ？
三蔵　なんです？
軍二郎　……この人……子だくさん貧乏の人じゃない？
三蔵　いえ……白竜《はくりゅう》です。
軍二郎　そんなのいいから。見てる見てる！　えー。ファン！　俺、ファン！
三蔵　いや……だって変装して……

別の場所に、村西。

村西　よし！　うん！　（前掛けと、ゴム手袋をしている）完璧な変装です。どこからどう見ても子だくさんの三蔵には見えません。よし！
軍二郎　子だくさんの三蔵さんですよねー。俺、ファン！
村西　よし！　（消える）
三蔵　よしじゃねえよ。えーと、いちおう変装してみたんですけどね。
軍二郎　だからそれ、どうでもいいから。いやー、ダディが、なんでうちの事務所に？

間。

三蔵　んー……いやー、ははは、佐伯家シリーズ、実は視聴率がダダ落ちですねん！　で、新機軸で、ダディ、ヤクザになる、いうのは、どうかなー、パンチあるなー、て。
軍二郎　へええ！　へええ！　（みんなに）おい！　茶の間の人気者が来てんだぞ、ココアでも出さんか！　いや、もともと、うちの兄貴があなたの大ファンなのよ。ふーん。……お強いんでいらっしゃいますねえ。
三蔵　え？
軍二郎　うちの……若い連中も喧嘩じゃそうとうですけど。（みんなに）だっらしねえなあおまえら！

三蔵　……ま！　ま！　七人の子持ちですからね！　強くもないと。家族守れんですけえ。へへ。
軍二郎　……そんなに強いかねえ。だからってそんなに強いかねえ。
三蔵　……
軍二郎　お父さんてそうよねえ！（泣く）それに比べてうちのオヤジは……。雇う。これから、辛龍会と戦争になるだろう。強いやつが欲しい。ま、でもね、うちにもルールがありまして。おい！　犬塚！　犬塚いねえのか！　犬塚、この野郎！

犬塚、出てくる。ギターを背負っている。

犬塚　いますっ！　はいっ！
軍二郎　修業《しゅぎょう》として、一日はセックス＆ザ・シティ金融に入ってもらう。犬塚、仕事教えてやれ！
（三蔵に）ほれ、社員章だ（と、色っぽい溜息をもらしながら背広につけてやる）。
三蔵　よ、よろしゅうたのんますわ。
犬塚　わかりました。うわー、なんか怖《こわ》いなー。

二人、すでに歩きながら、

三蔵　なんですねん、セックス＆ザ・シティ金融って。
犬塚　パンケーキ好きですか？

三蔵　嫌いです。
犬塚　じゃあ、地獄です。

辛龍会。拷問部屋。
けっこうセクシーな格好ではりつけにされているｎａｎａｎａ。

ドンナム　（椅子に縛り付けられている）ようこそ、地獄の拷問部屋《ごうもんべや》へ。

黒装束にサングラスのペク教授が、バケツの水をドンナムにいきなりぶっかける。

ｎａｎａｎａ　冷たいっ！　飛んできた水が。
ドンナム　冷たいだろう？　俺はそれどころじゃないぞ。耳に水が入ったんだ！　中耳炎《ちゅうじえん》になるだろう。
ｎａｎａｎａ　私はｎａｎａｎａ。売れないキャバレーの歌手。だから、シンさんの愛人。それで生活してる。たまたま軍二郎の店では歌手として契約してるだけ。それ以上話すことないわ！
ドンナム　強情《ごうじょう》な女ですな、ペク教授。

ペク、ドンナムの顔にバケツの水をかける。

ｎａｎａｎａ　やめて！　跳ね返る水しぶきのなんと冷たいことか！

ドンナム　（ずぶぬれ）ふふふ。ペク教授の拷問に耐えきれたものはいないぞ。なんで俺まで縛《しば》られているかわからないだろう。俺もなんでこんな目に合ってるのかわからない。それが教授の恐ろしいところだ。ｎａｎａｎａ、そもそもどうやってシン会長と知り合った？

nanana　……それは言いづらい。

ペク、ドンナムを蹴り倒す。

nanana　（苦しい）ああ！　なんてうるさい音！

ドンナム　ははは。うるさいだろう！　言え！　ｎａｎａｎａ！

ペク、ドンナムの尻の穴に管を刺す。

ドンナム　え？　え？

ペク　（口をつけて）吹かれるほうがいい？　吸われるほうがいい？　あ、先にこちらの希望を言うならば、吸うほうが好き。

ドンナム　頼むからぁ！　喋ってくれ！

nana　私は……セックス依存症なの。誰とでも寝てしまうから行く先々でトラブルを起こす。だから、カウンセリングを受けていた。親に虐待《ぎゃくたい》され、施設で育った私は、愛情の欠乏を体で埋めてる、と、先生に言われたわ。依存症の集団カウンセリングでシンと出会った。シンも、父親も知らず偽造パスポートで暮らすアイデンティティの危うさをセックスでしか埋められなかった。二人に共通するのは本当のことを決して言えないストレス。だから、私たちは心を開くことなく開放的なセックスに明け暮れて、今日はこの体位、明日はあの体位と……ああ！　照れくさい！

ペク　本当のことを言えないって言ったな？　お前の本当のことって、なんだ！

ジュルジュルジュルと吸い込む音。

ドンナム　ぎゃあああああああ！

nanana　ぎゃあああああああ！

爆発が起きる。いつの間にか村西。
村西、nananaの張り付けを外す。

nanana　キャー！　キャー！

村西　（外しながら）もう大丈夫です！　もう大丈夫です！

nanana　（外されて）キャーやめて！　……誰？

村西　（毒ガスマスクを外し）nananaさん、僕です。

nanana　村西くん!?

村西　監視カメラはしれっと破壊しました。あとはしれっと何とかしておきます。勝場組の殴り込みのせいにして、しれっと部屋に戻ってください。

nanana　うん、わかった……（去り際に）…ありがとう！

村西　ドスケベ！

音楽。

病室。

ベッドの早川。

傍らに座り、メモを取っているひかる。

ひかる　うち、調べてきたねんで。おっちゃん、若い頃、奥さんと二人で歌《うと》てたこともあるねんな？

（メモを見て）えと、ミチコさん？

早川　まあ、そうだ。

ひかる　奥さんも、歌手だったんでしょ？

早川　ああ。今の俺と同じ病気で死んだよ。25歳だった。死ぬってわかってたからね、思い出作りでさ、一緒にレコード作ろうと思ってコンビ組んだんだ。A面が俺の歌で、B面がミチコの歌。

ひかる　そっか……なんてグループ名？

早川　まあいいじゃねえか。

ひかる　……じゃ、レコードのタイトルは？

早川　もう、いいんだよそんなことは。バカ野郎この野郎。

ひかる　ちょっとは、教えてえや。ルポにならへん。教えてなあ。

早川　……うるせえなあ（ごにょごにょ）だよ！

ひかる　え？

早川　……道路の、たい焼きくん。

ひかる　道路の、たい焼きくん？

早川　ま、なんつうか、アンサーソング的なね……当時大ヒットしてた『およげ！たいやきくん』て歌に俺は激しい疑問を持っててさ、鯛焼《たいや》きが店のおじさんと喧嘩して海に飛びこんだのさ、って、そんな都合よく、海に直で面してる鯛焼き屋ないだろ。客、海に落ちるぜ。もっと、内陸部の鯛焼きくんのリアルな歌が書きたかったんだぜ。喧嘩して飛び出したら普通……道路だぜ。泳げないぜえ？　そこ指摘したの俺が初めてだと思うんだけどなっ！

ひかる　売れたの？

早川　売れる……

ひかる　（書く）わけがないと。

早川　先に書くな！　まあ、勝手に出したんで、かなり怒られてすぐ廃盤《はいばん》になったけどな。ほんとはミチコが歌ったB面のほうが、いい曲だったんだけど。

ひかる　なんて曲？

早川　コンビ名と同じ……あのな、なんで俺の伝記なんか書きたいんだよ。

ひかる　おっちゃんがもうすぐ死ぬから。

早川　……

別の場所。
病院の前にギターを背負った犬塚と三蔵。

犬塚 あ、三蔵さん、これ、上司から今日の債務者《さいむしゃ》へ渡せと。
三蔵 （箱を受け取り）なんでんの？
犬塚 新人です、今日からよろしくって粗品《そしな》じゃないですか？　今日は、この病院に入院している早川速男の取り立てです。二〇〇万円こげつかせてます。もともと売れないミュージシャンでしたが、病気にもなって借金まみれという、まあ、そこそこ悲惨なパターンで。
三蔵 先輩。借金の取り立てやのに、なんでギターなんか背負《せお》ってますの？
犬塚 これ、彼のギター。質に入れようとしてたんで僕が買い取りました。で、取り立てのついでに、習ってるんです。
三蔵 借金取りが債務者にギターならろて、ギター弾きにでもなりまんのかいな。
犬塚 まあ、実はそんな興味ないんですけど、ちょっとかわいそうなんで、授業料で、利子を払ってもらってるんです。
三蔵 ……（ものすごくがっかりする）
犬塚 なにか？
三蔵 なに、ぬるいこと言うてますねん！　病気やろうが、なんやろうが、人に金借りとんのやさけ、まんま返すのが道理《どうり》やろがい！　アホボケ、おどれ！　おどるな！　こっちはバックに勝場組ついてんねんぞ、自己破産なんぞさせへん！　おどれの内臓売ってでも返さんかい！　利子代わりに脳味噌吸うぞ死にぞこない！　くらい言わんと……なんでんの？

犬塚　（震えている）……ヤクザみたいなんだもん。

三蔵　ヤクザだもん。

犬塚　ですよねえ……

三蔵　しゃあないなあ、教えたるわ、先輩に。あ、もう、パイセンでええな、パイセンに教えたる、人生の非情と切実さを！

二人、去る。

場面変わって、病室。

ひかる　うち、あの頃、よう路上でタンバリン叩《たた》いてた。何かになりたい、表現したいいう気持ちで東京来たけど、なにしたらええかわからへん。ほで、東京はまた、そういう田舎もんに優《やさ》しゅうて優しゅうて、よう大阪にも帰られへん。優しゅうて残酷な町や。でも、絵も、歌もへたやし、ギターもよう弾《ひ》かん。それで、やみくもに新宿の駅前でタンバリン叩いてた。たいていの人が、「あ、キチガイだね」ってうっすら微笑《ほほえ》んで通り過ぎていったけど、きったないかっこしたおっちゃんが、いっつもワンカップ片手に見ててな、黙ってうちの帽子に一〇〇円投げてくれてん。だからある日、思い切って声をかけてみた、それが早川のおっちゃんやってん。話聞いたら、昔歌手やったゆうし、治らん病気にかかってる、ゆうし、借金まみれで左の指二本しかないて、もう、どんだけボロボロやねん。純粋にうち、おっちゃんに興味持ったわ。初めて、東京で一人ぼっちのうちに興味持ってくれた人には、興味持ち返すのが礼儀やろ？　そやから、興味持ちついでにうち、おっちゃんの話を書いてみよう、そう思た。おっちゃんへの興味を仕事にしよ、て。

早川　仕事にはならねえよ。

ひかる　逆に聞きたいわ。おっちゃん、なんでうちに興味持ったん？

早川　……タンバリン叩いてる姿がな、死んだ女房みたいだったんだよ。一度だけのコンビ組んだとき、ミチコ、ギター弾く俺の横で、必死にタンバリン叩いてくれてさ。あんた見て、あの頃思い出したんだよ。俺も死ぬけどさ、女房と同じ病気で死ぬなら、それも悪くないな、って、バカみたいにタンバリン叩くあんた見て、そう思えたんだ。ああ、タンバリンはバカみたいに叩かなきゃタンバリンじゃないって。俺のこと書くなら書くでいいからさあ。俺が死ぬとき、横で白目《しろめ》むいてタンバリン叩いてくんねえか？

ひかる　……（涙ぐんで）うん。白目は難しいかもしれへんけど。

病室のドアから三蔵と犬塚、出てくる。

間。

三蔵　（号泣）なんですの、そのええ話！

早川　あ？

ひかる　犬塚君！

三蔵　（犬塚に）こんな哀しい男から、よう金とれるな。あんた！　吸血鬼か！
犬塚　えええ！　いやいやいや！　だから僕は。
三蔵　セックス＆ザ・シティ金融の新入りです。よろしゅう。おみやげです。（箱を渡す）誰があんたの指、
　こんなんしたんや。わし、そいつから金むしってきたるわ。
早川　三年前、爆発事件に巻き込まれてね。
三蔵　……（持っていたカバンを落とす）
早川　爆弾マニアの愉快犯の逮捕ミスで、犯人が持ってた爆弾が暴発《ぼうはつ》したらしく……はは。あきらめる
　にはちょうどいいタイミングだった。……ピース。
三蔵　（ものすごく落ち込む）
犬塚　ど、どうしたんですか？
三蔵　うん。うん。ちょっと……ほっといて。
ひかる　犬塚君、ギター上達した？
犬塚　あ、え、まあ、ちょっとだけ。
ひかる　聞きたいな。
犬塚　えー、自信ないな……
ひかる　聞ーかーせてえなあ。
犬塚　うー、そこまで言うなら。

椅子に座って、ギターを不器用に弾く犬塚。

微笑みながら聞いているひかる。

早川　ラブソングなんだよ。俺が教えたのは。

三蔵　音楽からは伝わりませんが、二人（ひかると犬塚）の、雰囲気でわかりますわ。

早川　なんかいいよね。

ひかるの携帯に着信。

ひかる　ああ？　おかん？　テレビ見ろてなに？　オンドルスタンがえらいことになってる？　ちょ、今、めっさいいとこやねん。

早川　（激しく咳こむ）

ひかる　おっちゃん！

犬塚の携帯メール着信音。
読んで顔色が変わる犬塚。

早川　どうした？

犬塚　……いや……これは。

早川　なにか上から指令が来たんだろ？

犬塚　噂には聞いたことがあります。ある外国の財団が、債務者が一度に借金を返済したうえ、報奨金までもらえる組織を闇で運営してるんですが、そこに早川さんを勧誘しろ、と。
三蔵　まさか！（渡した箱のほうへ）
犬塚　や、これ、絶対やばいやつですよ！
早川　なんて組織だ。
犬塚　……ラストフラワーズ。
早川　のった。
ひかる　ええ⁉
犬塚　いやー、僕はお勧《すす》めしません。こんな都合のいい話、ないですから！

三蔵、何かを察し、贈り物の箱を開けると、サイレンサー付きの拳銃と大量の弾が出てくる。

三蔵　……やっぱり。
犬塚　……え？　これ。
早川　どうせもうすぐ死ぬし、身寄りもねえから報奨金には興味はないが、金は返したいし……名前が気に入った。
ひかる　ラストフラワーズが？
早川　女房が作った曲のタイトルと一緒なんだ。

音楽。
オンドルスタン共和国演説会場。
と、テレビを見ているていのシンとのミンス。

臣下1　(英語で) これより、シン・ジョンオク将軍による全世界に向けたメッセージがあります。

歓声のなか、伏兵たちに滑稽なほど過剰に守られながらジョンオク将軍が演説台に立つ。

ジョンオク　ポンジョリ、ウッセッセヨ！　ウンチョゲ、ウンジャラゲスミダ、スタン！　ゲツヨンビハ、ウンジャラゲスミダ！　ウンジャラゲノ、モーリモリ！　ランラランデ、イッシュウカンミダ！　ラン、イッセイ！　ラン、イッセイヌン、チンコノサキ、チンコノネッコ、クッサハンダ……えー……説得力を感じないだろうから、ここからは、あえて仮想敵国である日本語で話す。日本に限らずうわべだけの民主主義国家はすべて仮想敵国である。正直に言おう。我がオンドルスタンはこれまで、世界中からバカにされてきた。究極のバカの悪循環国家であると！

臣下1　将軍様、そういうのは公共の場で言わないほうが。

ジョンオク　(拳銃で臣下1を打ち殺す) 全部ほんとのことだ。おまえらがいくら隠したところで、みんな知ってることだから！　2ちゃんねるで読みましたから！　「オンドルスタンってやばくね？」って、スレッド。傷ついてしまうよ！　国外だけでない、国内にも敵はいる。

と言ったとたん、胸を銃で撃たれ、演説台の向こうに倒れる。

シン　父さん！　父さんが撃たれた！

ミンス　……大丈夫だよ、シン、騒ぐんじゃない。撃たれるくらいの緊張感がなきゃ、オンドルスタンのトップが公衆の場に出やあしない。

「将軍様！」「将軍様！」と、臣下たちが駆け寄り、死体が運ばれていく。
別の場所で、情報収集機器に囲まれた村西とｎａｎａｎａ。

村西　（無線で）ナンバー3、大変なことが起きてます！　テレビを見てください！

すぐに壇上にジョンオク立ち上がる（二役）。

ジョンオク　はい、残念でした。常に暗殺の危機にさらされておるから、影武者もいる。……しかし、今日こそ本当のことを言う日が来た！　我が国にはオリジナリティがある！　これほど「正しさ」が私という一個人に集中する国家が他のどの国にある!?　オリジナリティに溢《あふ》れてる！　日本を見ろ。原発の爆発で虚実入り乱れた情報で大混乱。ああ、みじめだ。わが国に混乱はない。爆発しても、言論統制で絶対国民にばれないから！　もっとも我が国に寄せて日本もそういう国になりつつある！　おしなべて権力者は私になりたいのだ。それを認めたくなくて目を背《そむ》けるのだ！

三蔵　（テレビを見ながら）無茶苦茶なこと言ってやがる。

シン　これが、俺の父ちゃん？

nanana、そっと現われる。

ミンス　まだ、騙《だま》されないよ。口の達者《たっしゃ》な男だったからね。

テレビを見ている三蔵たち。

ジョンオク　しかし、この国は、はったりだけの国ではなくなった。強力な味方を得たのである！

墜落したUFOが兵卒たちによって運ばれてくる。

ジョンオク　我が国の軍事基地に、地球外生命体操縦による飛行体が着陸した！

早川　なんだってえ？

ひかる　どえらいこと言うてるんちゃうの！

銀色のUFOからスモークとともに滅多にない生物が何匹か出てくる。

ヘルメットをかぶっているので顔は見えない。

ジョンオク　この生物がどの星からやってきたかはわからない！　人間の言葉は喋らない！　しかし、かつて地球上に存在した、どの兵器とも比べものにならない、なぜなら人を殺さずして国を亡ぼす未知の武器製造の技術を、我がオンドルスタンにもたらしたのである！

三蔵　人を殺さずして、国を亡ぼす？

ジョンオク　本日より我が国は共和制を捨て、正面からオンドルスタン王国を名乗る！　国連の諸君？　文句があるなら言ってみろ！　私、シン・ジョンオクはオンドルスタンの初代国王となる！

「ミャンセー！」の歓声。

ジョンオク　選挙は時間の無駄なので、廃止。王権は世襲制となる。王の戴冠式《たいかんしき》は二週間後。各国の首脳陣をお招きする。ご出席されたし。出席を拒否し、我が国の絶対君主制化を認めない国からは、今後、仮想敵国から敵国となる！

「ミャンセー！」の歓声。

ミンス　あたしが国を出た頃、オンドルスタンはアジア一貧しい国だった。今は、世界一やばい国になった！　あたしが釣り逃がした男の手で！

シン　世襲制ってことは……

　宇宙人の一人がヘルメットを脱ぐが、スモークでよく見えない。

犬塚　んんん⁉

三蔵　まて、あの顔は……

　別の場所でテレビを見ながら高笑いする軍二郎。

軍二郎　兄さん、かっこいいーじゃなーい！！！！（しかし、咳こんで血を吐く）……くそ！

第二幕

音楽。『ラストフラワー』とともに明転。
幕前。
椅子に縛られている典明。傍らに女王様。

女王様 第二幕が始まる前に、ラストフラワーズについてもう少し説明しておきたいんだろう。（叫ぶ）言ってごらん！
典明 あの、ちょっと音楽もらっていいですか？
女王様 ふん！ 相変らず貪欲《どんよく》な男だよ！ 豚、カス、米泥棒《こめどろぼう》！ ……どうぞ。

音楽。

典明 進化した子供の存在を知られると、必ず世界中の特務機関から刺客《しかく》を放たれる。想像を超えた知性は人類存続の敵になりかねないからな。必要なのは徹底的な証拠隠滅だ。ラストフラワーズは、あのデルタランドでの観光バステロ事件の生き残りを始末するために、うちの債務者の中から募《つの》った小さな組織だった。厳選された余命《よめい》いくばくもない、死をも恐れない暗殺集団だ。せめて最後の一花を咲かせましょう。だから、ラストフラワーズ。その役目はパリでの殺人で終わったはずだった。しかし、軍二郎の差し金により、組織はやがて肥大化した。勝場組の利益のためなら世界中の誰でも殺す狂気の殺人集団になったのだ！

この間、影絵で、これらのセリフが説明される。

女王様　それは、あんたの望むところだったんじゃないのかい？

典明　初めは俺の……野心だった。しかし、俺の欲望は息子の体を借りて　勝手にその触手を増殖させていった。もはや、俺にも、軍二郎が何を手に入れようとしているのか、想像もできないんだ……

ベルが鳴る。

女王様　はい、時間となりました。延長なさいますか？

ミンスがいきなり入ってくる。

ミンス　ちょっとあんた！　人質の分際で勝手に電話使ってデリバリーの女王様呼んでんじゃない

よ！　あたしじゃダメなのか⁉　けっこうなサディストだぞ！

ミンスの勢いに気圧され、逃げる女王様。

典明　んー……近場にいたのか！
ミンス　こい！　懲《こ》らしめてやる。

典明を引っ張っていくミンス。

典明　ぜひ！

幕の間から出てくるｎａｎａｎａ。

ｎａｎａｎａ　……誰もいないから言うけど……（声をはる）「話は全部聞かせてもらったわ！」……いっぺん言ってみたかったセリフよ。……はい、そんなわけで……（クールに）第二幕、始まるわよ（意味なく客席に拳銃を撃って煙を吹く）。

音楽。
どこかの河原。

電車の走る音。夜。
三蔵と、早川登場。
二人で銃の練習をしている。
電車の音にまぎれ、次々に動く標的に当てていく早川。

三蔵　よし。一週間の訓練にしてはだいぶ上達したな。
早川　佐伯さん、俺は、誰かを殺すのか？　ラストフラワーズで。
三蔵　……さあな。ピストルとこれだけの弾を与えられたんだ。訓練しておけ、と考えるのが妥当だろう。撃ってみるか、みないか？　それもきっと試されている。俺から言えるのは一つだ。生き残れ。
早川　三蔵さん。なぜ、そんなに俺に優しいの？
三蔵　……
早川　ホモなの？
三蔵　……
早川　少なくとも、ただの取り立て屋じゃないな。
三蔵　……いけね、娘の迎えに行かなくちゃ。

突然、みよ子と子供たちが現われる。

みよ子　なにしてんねん、あんたこんなとこで‼

三蔵　わ！　みよ子。
みよ子　嫁つかまえて、「わ！」て、あるかそんなリアクション。酔うとんのか？　あんた、偶丹《ぐらたん》縫坊《ぬらぼ》の保育所の迎えわいな？
三蔵　だ。も……今、まさに行く言うてたとこやがな、それ！　なー！　言うてたもんなあ！
早川　偶丹縫坊……名前なのか？
三蔵　もう、そういうタイミングで催促《さいそく》されんのが一番腹立つ言うねん。
みよ子　はいはい。腹とチンポだけはいつでも立つ男や。おおきにありがとさん！　（柏手を打つ）
三蔵　（笑）おまえ、なまなましいにもほどがあるやろ！　友達の前やぞ。
早川　友達？
みよ子　さらけ出していったらええがな、ほんでな、帰りにな、マーボー茄子《なす》の素こうてきて。
三蔵　（イラッ）せやから、その前に茄子が家にあるなしの話を……
みよ子　（同時にすごむ）茄子はある！　茄子はあんねん！　茄子こそ冷蔵庫でスタンバッてんねん！
三蔵　……おう。
みよ子　それから、花の仏壇のお菓子《かし》な、悪なってるから、なんか適当に。あ、前こうてきたギンビスのアスパラガス。あれあかんで。幅とりすぎる。半分に折らな仏壇に入らへん。それがほんまの菓子折りや、て、あほかー！　あほかー！　……ほなな！　ひき肉があらかじめ入ってるやつねんぞ、あ、マーボー茄子の素の話な！
早川　茄子は？
みよ子　（背中で）茄子はあるねん！　茄子こそあるねん‼

みよ子ら、去る。

早川　あんた、さては。
三蔵　……なんだ。
早川　ホモじゃないな。
三蔵　ああ。じゃあ、健闘を祈る。（ペンダントを渡し）これ、お守りだ。ま、昔、そういうビジネスやってて、あまりもんだけど。効くらしいから、あと、（早口で）ＧＰＳ付いてる。
早川　え？
三蔵　ＧＰＳ付いてる。
早川　え？
三蔵　もういい。じゃあ。（去ろうとする）
早川　あんたの家族も誰か死んだのか？
三蔵　一番目の娘がな。
早川　そうか。つらいな。
三蔵　負けないために、その後、たくさん子供を作った。でも、そういう問題じゃなかった。

橋げたから、のぞく犬塚とひかる。

ひかる　（メモる）それから二日後、早川のおっちゃんは「ラストフラワーズに行ってくる」と言い残して姿を消した。行方を知っているのは、きっとあの男しかいない。私は、新しい借金取り、佐伯三蔵の後《あと》をつけることにした。

犬塚　（メモ）僕は、そのひかるちゃんを、つけようと思った。

暗転。

第5章　ポメレンケ舞踏病

港。
海に浮かぶポンポン舟の前でオンドルスタン人に金を渡している、大荷物を持った三蔵。

オンドルスタン人　プンドゥル、サオサオニダ？
村西　ンニダ。カムサラダハニダ！
オンドルスタン人　ニダッ。
村西　ンニダッ。
オンドルスタン人　ダッ。
村西　ダッダッ。

オンドルスタン人、去る。
乗り込む村西。

三蔵　（現われて）こんなボロ舟でオンドルスタンまでたどり着けるのか？

村西　（エンジンをかけようとしながら）これで向こうから来たやつに買ったんだから、こっちからも行けるはずです！

三蔵　（ノートパソコンを開いて）ナンバー7の報告で暗殺団の元締めが勝場組であることは大体わかったが、（パソコンを村西に見せ）見ろ。なぜ、今日、早川はオンドルスタン行きの船に乗った？　オンドルスタンの誰かを暗殺するためか。

村西　在日オンドルスタンの辛龍会との確執《かくしゅう》と関係あるかもしれませんね。

三蔵　しっ！　（船の中の鉄パイプをとる）

勝場組の組員が日本刀を持って襲ってくる。

三蔵　（かわしながら）おっとおっと、勝場組の兄貴たち。いきなり、なんです！

組員1　三蔵。おめえ、組に顔出さねえで、なにしてやがる。

三蔵　（戦いながら）いや！　釣り！　釣りですよ！　ねえ。

村西　（ほっかむりをして）へえ、さいでがす。ブラックバスを釣るでがす。

組員2　海だ！　おめえ！　早川に銃の訓練させてたろ！

三蔵　……なぜそれを？　あ、社員章。（三蔵、胸の社員章をひきはがす）どいつもこいつも、GPS！　もう！　……知られたんじゃ仕方ねえ……みんな死んでもらう。

三蔵、組員1の刀を叩き落とし、刀で戦う。

村西　ナンバー3！　大変だ！
三蔵　どうした！　ナンバー5。
村西　ギアが、少し硬い！　少し錆《さ》びてる！
三蔵　それはなんとかして！　それくらい！　（戦いながら）早く船を出すんだ！
村西　（泣く）ギア！　ギア！
三蔵　うっせえ！　殺陣《たて》に集中できないから！

その間に、ひかると犬塚、船に忍び込む。
こっそり、ギアを動かす犬塚。
エンジンかかる。

村西　動いた！

三蔵、最後の一人を切り倒し、船を海に押し出す。

三蔵　いけ！　（飛び乗る）

ポンポン船、出航する。

船に、ロープでつなげられたサーフボードが飛び出し、ミャンが乗っていて、刀を抜きながら引きずられていく。

ミャン　ウキー！

軍二郎、出てきて。

軍二郎　がんばれよ、ミャン！　がんばって作れよ！　前半の見どころを！（去る）

ミャン　プレッシャー！（飛んでいく）

船。正面にまわり、波の上を突き進む。

村西　（地図を広げ）順調にオンドルスタンの方向に向かってます！

後ろからミャンが飛び乗り、ナイフで村西に襲いかかる。かろうじて刀ではじく三蔵。しばし、カモメなどにも邪魔されながら、できるだけおもしろく格闘。

三蔵　（ミャンの鬘をむしって）え!?　おめえ、猿なの!?

ミャン　ムキーーーー！

危うところで三蔵、刺されそうになる。
ギターケースで後ろからミャンを殴る犬塚。
気絶するミャン。

三蔵　……犬塚の兄貴？　てめえ、なんだよ、ありがとう、なんで乗ってるんだよ！　ありがとう！
犬塚　ひ、ひかるちゃんが、どうしても行くって言うから心配で。
ひかる　（出てきて）ごめん。おにぎり仰山《ぎょうさん》作ってきたから。
村西　なんだよ、こいつら。
ひかる　おにぎりの中にやきそば入ってるから。
村西　まじかよ！　主食を主食でくるんだのかよ！　震えるぜ！
三蔵　しょうがねえなあ……時間がない、村西。
村西　はい（鞄から拷問器を出す）。
ひかる　なにすんの？
三蔵　（手帳を見せ）超法的捜査だ。これから起きたことを他言《たごん》すると、特定秘密保護法の名のもとに、どたまかち割るぞ！　おどれらおどれらおどれえ！　……おどるな！

浜辺。海の音。
倒れているミャン。

軍二郎、現われる。

軍二郎　……どうした、ミャン！
ミャン　キー……
軍二郎　見せ場は？　見せ場はちゃんと作ったのか？
ミャン　……
軍二郎　すまん。実はさほど見せ場には期待してなかった。せめて、奴らの正体はつかんだんだろうな？
ミャン　ミャン！
軍二郎　……何も……覚えてない。
ミャン　……使えねえ。しょせん猿か……（銃を構える）
軍二郎　待って！　軍二郎！　あと一回チャンスを!!
ミャン　……辛龍会に戻れ。あと一回だぞ。二度としくじりは許さねえ。
軍二郎　すまない。二度としくじらねえ……（行こうとして）アッ！（こける）
ミャン　……!!
軍二郎　今のは！　今のは数えないでー!!（去る）
ミャン　ほんとに……かわいく思うぜ!!（去る）

字幕『デルタランド・セレスティーノ邸』
悲痛な音楽。

デルタランド、セレスティーノの館。
バイオリンを弾く少年がいる。布のかかったなにかが置いてある。
ゆらゆら揺れているセレスティーノがコーヒーを飲むのを必死に手伝っているサルバドル。
サルバドルに激しく迷惑をかけながらコーヒーを飲むセレスティーノ。傍らに執事。

セレスティーノ　ずいぶんと血も流したが、私は一代でセレスティーノ財団を築いた。
サルバドル　（すごく我慢しながら）デルタランドじゅうの人間が言います。セレスティーノは国王よりもこの国を手に入れた男と。
セレスティーノ　しかし、サルバドル、コーヒーの一杯も満足に飲めない男が、いったい何を手に入れたというのだ！
サルバドル　普通に飲めば、よろしいかと。
セレスティーノ　だよね！

執事が入れたコーヒーを普通に飲むセレスティーノ。

セレスティーノ　……おいしい。
サルバドル　日本からはるばる12時間かけて国に戻ってきて、わずか5分で、セレスティーノ様に、たわむれにコーヒーをぶっかけられる。……光栄でございます。
セレスティーノ　それより、双子はどうなっている？　あの二人が研究を始めるのを何年待っている

と思っているんだ！　やっ！　（執事の上着を引き破る）

サルバドル　今しばらくお待ちを、そもそも妊婦が双子を身ごもっていたことが誤算でした。母体への進化促進ワクチンの投与が一人分だったため、二人の乳児が適合不全症の状態で生まれ、発達が遅れているのです。

セレスティーノ　（急にナイフでサルバドルの目をくりぬこうとする）

サルバドル　その失敗は、この左目で贖《あがな》ったはず！　思い出してください！　セレスティーノ様！　ちょっと！　両目いっちゃったら、なんにもできなくなるから！

セレスティーノ　そうか！

サルバドル　状況は改善されています。当初のもくろみ通り。二人とも大脳新皮質の上に、新たな皮質の形成がＭＲＩで確認されています。その新しい脳の思考レベルは、もはや我々にすら把握できないほどです。

セレスティーノ　だったら早く人工人体の研究に入ってよいのじゃないかね？

サルバドル　知能の高い軍一郎は身体的障害者。そして、身体は動くが知能のやや劣る軍二郎。二人ともまだ適合不全症の治療中です。さらにやっかいなのは彼らの体に流れるジャパニーズヤクザの血です。確かに人生を賭けるような連中でしか人体実験は不可能と思い、カジノツアー中のギャンブラーに声をかけたのが25年前……。しかし、やはりヤクザというものは独特の考え方をするもので、それがまた我々には予測不能で。

セレスティーノ　独特の考え方とは？

サルバドル　落とし前、です。落とし前というものを完結させなければ、彼らは一歩も前に進まないのです。今は、対立する在日オンドルスタン人との抗争に凝《こ》り固まっています。あの……セレスティーノ様、オンドルスタンで起きている騒ぎをご存じで？

セレスティーノ　オンドルスタンなぞに興味はない！　双子が落とし前を大切にするというのなら、それを早く終わらせろ！　そして、早く人工人体の研究に集中させるのだ。私には、時間が（バイオリン弾きに）ちょっとバイオリンやめてくれる⁉　辛気《しんき》臭いから！

バイオリン弾き　すいません！　もう少しで、弾き終わりますから。

セレスティーノ　もう少しだなっ。

サルバドル　時間がないのは承知しております。

セレスティーノ　おまえは、双子の思考レベルがわからないという、ならば、手打ち蕎麦《そば》で評判の店でカレーを注文する客の気持ちはわかるか⁉

サルバドル　……だったらカレー屋に行け、という話ですよね。

セレスティーノ　そうだが。

サルバドル　……え？　おしまい？

セレスティーノ　……今のは、おいておいて、だったら、愛する母親の首を自らの手で切り落とした息子の気持ちは？

サルバドル　……わかります。だからこうして、あなたに全人生を預け、協力しているんじゃあないですか！

セレスティーノ　あのとき、おまえはどう言った？

サルバドル　凍結《とうけつ》した脳髄《のうずい》を機能させる完全な人工人体の完成には地球上の全知性を集めても一〇〇年

かかる。しかし、進化した人間なら三か月で作り上げることができる。

セレスティーノ だから、私は金をつぎ込んだ。二十五年待った。

サルバドル ……はい。

セレスティーノ （バイオリン弾きを銃で撃つ）見た？　ほんとは、もう少しだって待てない男だぞ。

サルバドル、ゆっくりゆっくり去る。

セレスティーノ ……何？　なに、そのきっかけのない退場。もやっとするよ！　……（執事に）後をつけろ。

セレスティーノ、箱の布をとり、蓋を開けるとスモーク。
中から、寂しげな音楽とともにガラスケースに入った脳髄が出てくる。

セレスティーノ ……ママ、早く会いたい。認めたくはないが、ついに私にも発作が始まった。（ダンスのような痙攣をしながらプロジェクターのスイッチを入れる）

どこかに、セレスティーノの母のモノクロ映像が映し出される。
まだ若く美しく、まるで踊るように動いている。

声 （アナウンサーのような）ポメレンケ舞踏病《ぶとうびょう》は、一〇万人に一人の割合で発病する難病です。遺伝子の欠損によるもので、原因は不明です。発病するとまず、手足の震えが始まり、それが次第にオリジナリティのあるダンスをしているような動きに変わっていきます。本人の意思ではそれは止められません。やがて、脳が委縮《いしゅく》し、精神に異常をきたして、死に至ります。ポメレンケ舞踏病が、遺伝する確率は四分の一……

セレスティーノ　（プロジェクターを消して）私にも時間がない。しかし、時間というものは美しいものだね。金で汚されない。これは母さんが狂う前に凍らせた脳だ。これは……時間だ。

突然、暗転。音楽。

テレビのニュース　（大写しで）昨日、オンドルスタンの王制化、および、戴冠式《たいかんしき》への出席の是非について、国連本部では各国首脳人による議論が重ねられました。このうち、強く反対したアメリカの国防長官補佐官他数名の外交官の自宅に、その夜、何者かの手によってガス弾が撃ち込まれた模様です。ガスを吸ったと見られる被害者は、命に別状はないものの、一夜にして外面に変化、知能の著《いちじる》しい低下が見られ、一部の学者によると、古代人であるネアンデルタール人に近い状態に退化したと発表されております。

オンドルスタンの国土や、ジョンオクの写真、国連会議の写真や、ネアンデルタール人の絵などが挿入される。

テレビのニュース　オンドルスタン工作員による、宇宙人製造のウィルステロである可能性も含めて国連は調査を開始する方針です。
軍二郎の声　人が死んでなくてもテロって言うんですねえ。

舞台は、辛龍会本部。
縛られたミャンを連れた軍二郎と部下数名。
対するミンス、ジョンオク。辛龍会の面々。

軍二郎　テレビやあ消してもらえますか？　明日世界やあ滅びようが、ヤクザってのは目の前のつまらねえ落とし前にこだわるしがねえ商売でやあすから。
ドンナム　やあやあ、えらそうによー。

包帯をしたドンナム、テレビを消す。

軍二郎　ほれ、ミャンです。オヤジを出してもらいましょうか。
ミンス　シン、勝場組長を連れてきな。
シン　俺が？　組長を？
ミンス　連れてきてみせな！　あんたのキャリアだ。それぐらいできるだろ！
シン　キャリアの問題なのか……？　（去る）
ミンス　軍一郎は？

軍二郎　噂に漏れ聞いちゃいるだろうけど、実はうちの兄貴は少なからず体調を崩しておりまして。
ミンス　それじゃあ、交渉には応じられないねえ。

典明、キャスター付きの椅子に縛られながら自分で出てきて、

典明　どっちみち軍二郎がいなきゃ、軍一郎の言葉は誰にもわからねえんだよ！
ミンス　なに自力で出てきてんだよ！　シンは？
典明　落ち込んでるよ。キャリアではどうにもならなかったって。
軍二郎　まあ、いいや、こっちも約束を守れなかったのは認める。オヤジを返せとは言わない。
典明　おい、軍二郎！
軍二郎　ただしゃあ！　ミャンを返すかわりにうちの専属歌手のｎａｎａを返しちゃあいただけませんか？　ここにいるのはわかってるんでね。（ミャンを離す）
ミンス　私も、別にいてほしいわけじゃない。本人が帰りたがらないんだ。まるであんたを恐れてるみたいにね。
軍二郎　交渉決裂なら、ミャンを連れて帰りますが。おい！　行くぜ。

ミャン、突然縄をほどいて、ドスを抜いて暴れる。
皆、騒然とする。

ミヤン　なめんじゃねえぞこのやろー！（ドスを振り回す）ミンスねえさん、俺知ってる。勝場組に拉致されたのを黙って見てましたよねえ！　俺は捨《す》て駒《ごま》ですか。

ミンス　や、そ、そんなわけじゃないよ！

突然、典明を刺すミャン。

典明　ええええ!?

ミンス　なにやってんだい！

ミャン　どうだ！　勝場組の組長をやってやった！　これで認めてくれますか!?　姐《ねえ》さん！

ドンナム　拷問で気が違ったか!?　ミャン。

ドンナム、ミャンを羽交い締めするが、すぐすり抜けてまた典明を刺すミャン。

典明　ええええ!?

ドンナム　（羽交い締めにして）ミャン！　どうした！

すぐ、すり抜けて典明を刺すミャン。

ドンナム　ちくしょう。なぜすり抜ける！

典明　腕が短か過ぎんだよ、おまえは！

ミャン、組の人間に運ばれる。
典明も組の人間によって運ばれる。

軍二郎　父さん!!　いやだ！　……いやだ！
ミンス　すまなかった、軍二郎。
軍二郎　（全身で苦悩を表現する）俺だって父さんを刺したことないのに!!
ミンス　落ち着いて。今すぐ病院に運ぶから。ね……（手を叩き）じゃあ、解散しよか。
軍二郎　ちょちょちょい、ちょちょちょちょい！　ちょいちょ、ちょいちょちょい！　組長刺されておいて、すまなかったですませるヤクザはいませんよ。この落とし前は、どうつけてもらえるんですかねえ。

シンがｎａｎａを連れてくる。

シン　ｎａｎａを引き渡す！　すぐ袖《そで》で体育座りで見ていたから状況は把握している。
ｎａｎａ　シンさん！
シン　確かにおまえの体とは離れがたい。いや、正直に言おう。惚れ……かけていた。
ｎａｎａ　あたしだって……

二人、抱き合い、音楽一瞬盛り上がるが……。
シン、nananaを打ち捨てる。

シン　しかし、今の勝場組と戦争になったら、うちに勝ち目はないことくらいわかってる。共倒《ともだお》れになるくらいなら、軍二郎のところに行ってくれ。
nanana　……
軍二郎　どうしたnanana？　なにか言いたいことでも？
nanana　あなた、どこまで知ってるの？
軍二郎　……（無視して）では、nananaをどうしようとうちの自由ということで。（なにかものすごいバイブレーターを出す）
nanana　ちょっと待って！　それでなにをするの！　どうなるの？　え？　それミニ扇風機？　笛にもなるのね⁉
シン　興味津々《きょうみしんしん》じゃねえか！
軍二郎　だが、オヤジを刺された落とし前はまだついてない。……と、ここで提案があるんだが。なに、きっとあんたらにとっても悪い話じゃない。おい！　連れてこいこの野郎！

縛られたド派手なマジシャン三木田テンホーと、そのスタッフたち。

三木田　なに！　ちょっと放《はな》して？　あたしを誰だと思ってるの？
軍二郎　オンドルスタンの戴冠式のショーに招かれているマジシャンの三木田《みきた》テンホーとスタッフたちだ。
シン　さらってきたのか？
軍二郎　シン会長。偽造パスポートを作るのはあんたの組のお家芸でしょう。
シン　……おめえのたくらんでることが読めたぜ。
軍二郎　言ってみろ。
シン　……ふははははは！
軍二郎　笑えとは言ってない。言ってみろてえんだ。
シン　……
軍二郎　はい、もういい。ビッグ、出てこい。

ジョンオクと、うりふたつに整形したビッグ。

ミンス　ジョンオク!?
シン　父さん!?
ビッグ　ジョンオクではない。
nanana　誰？
ビッグ　豚。

nanana　豚？
ビッグ　そ。豚、な？　軍二郎。
軍二郎　豚、豚。
ミンス　何食ってんの？
ビッグ　豚足。
シン　……うーん、さすがにまったく読めなくなったぜ。

音楽。
ジョンオクの部屋。
美女たちにかしずかれながら、豚みたいになにかを食べているジョンオク。
レコードで『ラストフラワー』のオンドルスタンバージョン（S－5）が流れている。

ジョンオク　（笑う）国連から派遣された科学者が宇宙人の脳のCTスキャンを見た時の顔を見たか？　あいつらはしょせん宇宙人を我が国のはったりだと思っていたのさ。だが今回だけは違う。見ろ。脳の構造が地球人よりはるかに発達しているのだ。それを大勢の科学者の前で証明した。わが国はとてつもない味方を手に入れたのだ……ん？　どうした？
女官スジュン　いいえ、私は、いい歌だなと思って。
ジョンオク　ふふ。留学していた日本から持ち帰ったものだ。今や、国民みんながこの曲を愛している。
女官スジュン　はい。将軍様。わが国のラジオでは国家とこの歌しか流れていませんからね。

ジョンオク　スジュン。将軍と呼ばれるのは最後の日だ。
側近　ジョンオク様、サルバドル様からお電話です。
ジョンオク　（電話を受け取って）サルバドルか？　私だ。ＵＦＯの製造は順調か？　よし。わかった、それでは約束通り、収容所の人民一〇〇人を差し出そう（切る）。どうした？　スジュン。
女官スジュン　はい。ジョンオク様。最後に確認させてください。本当に私のような身分の者が将軍様の妻になってよろしいのでしょうか。……もちろん、あなたの心が別れた奥様の元にあるのは承知ですが。
ジョンオク　ミンスは国外逃亡罪で永久追放だ。それ以上言うな。王には世継ぎが必要だ。おまえみたいにケツがバーンとした女がいいんだ。
女官スジュン　ああ。ケツがバーンとしていてよかった。
ジョンオク　ああ……これでいい。……のだろうか？

ジョンオク、歌い出す。

♪何もかも手にいれた
その手は今、白い手袋の中
私の手袋は私より偉い
でもときどき
投げつけたくなることがある

ミンス　だけがいない
その手袋の中に
私の手袋は……悪い手袋だ
ミンス　ミンス

曲、バラードから転調して、オンドルスタンの喜ばせ組たちが現われ、舞い歌う。

♪将軍様　将軍様
親愛なるジョンオク様の
美しい国オンドルスタン
鳥は鳴き　花が咲き
稲穂が実って魚が群れる
ああ、嬉しやな、ぎゅうぎゅうづめの冷蔵庫

突然、客席に闖入者が乱入。

闖入者　嘘だー！　首都以外じゃ、みんな飢えてるぞー！　宇宙人なんて捏造《ねつぞう》だ！　この国は嘘とはったりで滅亡に向かっている！

無理やり兵士に連れていかれて銃殺の音。
皆、無理やり笑って。

♪核ミサイルにテロ工作
味方も最強、宇宙人
地上の楽園　母なる国よ
そう思えないなら収容所に行こう
そう思うまで収容所に行こう
この世に咲いた花の楽園
ラストフラワー　オンドルスタン
ラストフラワー　オンドルス……

振付師、手を叩きながら出てくる。

振付師　はい、あんたとあんた、顔がこわばった！　今みたいなバカが出てくるハプニングは容易にあるわけだから、そこで絶対動揺しない。なに、文句ある？　明日の式典まで、各自、自主練！

ヒュンダイ副将軍、出てくる。

ヒュンダイ　スンジェロ、スミカスミダ。チュンジリ、ビンヨンヤン、シン、ジョンオクムスタン、ポッチャロゲン、オヌルヌン、バネバネスミダ。（訳：世界各国にむけて発信している。明日18時より、我が国の首都ビンヨンヤンにおける院ジョンオク宮殿にて我が国王の戴冠式を行なう！）

波の音。不気味な音楽。

『オンドルスタン共和国・首都・ビンヨンヤン』

音楽、不気味に転調して、早朝の浜。

船から降りたつラストフラワーズの面々（このあたりの美術は、絵でもよいかと）。

突然、サイレンが鳴り、サーチライトの明かりとともに何人か沿岸警備兵に撃たれる。

悲鳴を上げて岩陰に隠れる早川、荷物の中からオンドルスタン兵士の制服を出して着替えようとしているところに、オンドルスタン警備兵が現われる。

警備兵　チュヌシダッ？　ズルニケアセヨ？

早川　ズ？

警備兵　ズルニケアセヨ!?（銃を向ける）

早川　ズ、ズルムケセヨ！　チュガクノジブンカラ、ジブン、ズルムケセヨ！　ソレガ、ジマンセヨ！

警備兵笛で仲間を呼ぼうとしたところで、三蔵出てきて、警備兵を撃つ。

早川　あんた！　なんで？
三蔵　（お守りを指して）ＧＰＳ付けてるって言ったろう。
早川　……ストーカーなの？
三蔵　（警備兵の服を剝がして着ながら）その書類は何だ？

二人の背景に壮大な宮殿が映る。

早川　ジョンオク宮殿の見取り図だ。地下通路の非常ドアの暗号まで書いてある。……（警備兵の制服を見て）それ、小さくないか？
三蔵　そんな重大な国家機密、どうして手に入るんだ？
早川　勝場組のボスがオンドルスタンの国防省のコンピューターをハッキングして抜き取ったんだと。やっぱ、その制服小さすぎるぜ！
三蔵　（見取り図を見て）警備兵の配置情報、休憩時間、配膳係《はいぜんがかり》のバイトのシフト表、バイト内恋愛の関係図まで盗んでやがる……やっぱり軍二郎が……？　で。あんたの使命は？
早川　シン・ジョンオク将軍暗殺。
三蔵　なんだって？　（自分の制服を見て）ちいさっ。
早川　さっきから言ってんじゃん！　（じたばた）さっきから言ってたじゃん！
三蔵　ああ、重要なことだと思ってなかった。すまない。
早川　……行くよ。

早川、走り去る。それを追う三蔵。

物陰から、ひかると犬塚。

ひかる　（メモ）えらいことになった。ただの借金まみれの元ミュージシャンが、一国の独裁者の殺し屋になろうとしている。私はその変身の瞬間に立ち会い、震えた！

警備兵　（『ラストフラワーズ』の節を口ずさむ）

犬塚　……え？

警備兵、息絶える。

ひかる　なんやの？

犬塚　この人が歌ってた歌……早川さんに教わった曲だ。

ひかる　ええ？

犬塚とひかる、物音がするので逃げる。

その後から、村西が警備兵たちに「チョミダ！」「チョミダ！」と追われて走ってくる。

追い詰められた村西。ヌイグルミ爆弾を出す。

警備兵　……？

爆発し、吹っ飛ぶ警備兵。

村西　超法的捜査ですから、すいません！　ナンバー3！　ｎａｎａｎａさん、いや、ナンバー7と連絡が取れましたあ！　今日飛行機でこっちに入るそうです。（逃げる）

音楽。風。
ビンヨンヤン飛行場。
タラップを降りてくるテンホーとそのスタッフに変装したミンス、シン、軍二郎。
花束を持って迎えにくるヒュンダイ副将軍と側近たち。

ヒュンダイ　アジョセテヨー。そ。もっと、こっちに、アジョセテヨープリンセステンホー！　ようくお顔を、アジョセテヨー。厳戒態勢のなか、ようこそ、オンドルスタンへ。ヒュンダイ副議長です。王制になれば国務大臣となりますが。
nanana　ア、アジョセテヨー。
ヒュンダイ　できれば、いつもの挨拶《あいさつ》がわりのマジックを……
nanana　え？　いつもの……（どうしようもないマジックを見せる）
ヒュンダイ　……？

シン　プリンセスは生理中なんで。
nanana　重《おも》せよー。今月、重せよー。
ヒュンダイ　あなたは？
シン　テンホー様のボディガードですにだ。
軍二郎　（オカマのふりして）専属メイクですー！　山ほどー！
ヒュンダイ　……なるほど……。テンホー様のマジックショーは我が将軍、ことのほかのお気に入りで。何度もご足労いただき光栄です。今回も本式典の目玉とさせていただき、あのテンホー様……全体的にその、成長しました？
nanana　あ、え。……今月、重せよー。
ヒュンダイ　それは、関係ないでしょ？
ミンス　どうも、通訳のヌレチヂミです。ヨンモッセオ、ポンビタンヌル、シンジョンオク、セノビヌントンズルムセヨ。ブタブタ、ノチノチホテルヌンウッセッセヨ。
ヒュンダイ　……アジョセテヨ。承知しました。あちらにお車を用意しております。今日は各国から続々と要人が到着しておりますゆえ、慌《あわ》ただしくてもうしわけありませんが、ささ、どうぞ。
声　元気ですかー！
ヒュンダイ　おお、日本から猪木《いのき》さんがいらっしゃった！　呼んでないんだけど。（そそくさと去る）
軍二郎　なんて言ったんだ？
ミンス　ジョンオク様と会えるのを待ちわびたあげく、全体的に、でっかくなっちゃった、というマジックを実行中ですと。

軍二郎　よく信じたな。

ミンス　テンホーはオンドルスタンで大人気だからね。手品用の豚も持ってきたんでホテルに連れてくるように言ったわよ。

軍二郎　上出来《じょうでき》だ。

シン　これが、俺の国か……なんてビンボくせえ町なんだ。

一行、去る。

第6章　宮殿侵入

シンジョンオク宮殿中。

通路。

次から次と現われるオンドルスタン警備兵をなぎ倒して現われる三蔵。

後ろからおっかなびっくりついてくる早川。

早川　なによ、つええ！　もう、暗殺もあんたがやればいいのに。

三蔵　それは私の仕事ではないし、暗殺を応援する気もない。おい、監視カメラを探せ。

廊下に保護色で同化する全身タイツを着て壁に張り付いていた村西、突然、振り向いて。

村西　それは大丈夫です。

早川　わっ！

村西　さっき、監視センターは、ブービートラップ爆弾で爆破しておきました。

三蔵　皆殺しか？　ナンバー5。

村西　（笑って）超法的捜査ですから。いいんですよね。へへ！
三蔵　やっぱ、こいつ……好きになれない。（地図を見せて）早川をこの場所に連れて行けるか？
村西　はい。ナンバー3は？
三蔵　ちょっと気になる場所がある。

三人、去る。
犬塚とひかる登場。

ひかる　なにやっとんねん、早川さん見失ってしもたやんか。
犬塚　ひかるさんの足が遅いんですよー

一気に四人ほどの兵に囲まれ、銃を向けられる二人。

兵士1　オスンセンポッチョヨ!?（なにしてる!?）
兵士2　チュンジュルセンタ、トンドル、パンバックルシタセヨ？（管理センターを爆破したのはおまえらか？）
犬塚　ど、どうしよう。
ひかる　ミュ、ミュージシャン！　ウィアー、トゥデイセレモニーズミュージシャン。（タンバリンを叩く）はよ、ギター出しせよ！　出しませむにだ！
犬塚　ええ？　一曲しか弾けないのに？

兵士3　ムンドリ、オジャルノゲ？（なんて言ってる？）

兵士4　スンズブ、ミュンジシャンチゲ、ヘラポジスニダ。オナニオナニダ？（ミュージシャンだと、楽屋

口を間違えたのかな？）

犬塚、しぶしぶ弾きはじめる。

すると、兵士たち、おいおい泣きはじめる。

ひかる　……やっぱり。

犬塚　え？

兵士たち、どうぞどうぞというように、楽屋に連れていく。

別の場所。

ドアから出て地下階段を歩く三蔵。

将校とすれ違う。敬礼しあう二人。

将校　（じっと見る）おい。

三蔵　はい。

将校　その軍服……

三蔵　洗濯したら縮みましてみだ。

間。

将校　……ネットに入れて洗った？
三蔵　……いえ。
将校　シャツなんかは洗濯ネットに入れたほうがいい。
三蔵　……次から、必ず。
将校　洗濯ネット……いいぜ！　（ウィンク）
三蔵　（ウィンク）

間。

将校　タバコ、どうだ？
三蔵　ああ。もらいませっせよ。（火をつけてもらう）
将校　貴様……よく太ってるな。この国の下士官にしては。
三蔵　……病気なんです。
将校　病気？
三蔵　フォーチュンクッキー病。中身はスカスカです。おみくじしか入ってません。

間。

将校　めっちゃ大変だな。……貴様、子供は？
三蔵　……七人。
将校　！！！
三蔵　コンドームを買う金が、なくて。
将校　……じゃあ、しかたない。
三蔵　すいません、奥さんの体が大好きだから｜。
将校　ところで！　……ここが禁煙だと、なぜ知らない？
三蔵　……え？　あ？　いや。

間。

将校　冗談だよ！　禁煙とか、ないから、この国。ははははは！
三蔵　はは、ははははっ！
将校　銃を捨ててもらおう！　（ピストルを構えている）
三蔵　……（銃を置く）
将校　貴様、この国の人間じゃないな。
三蔵　……どうしてわかった。

将校　この国に、洗濯ネットなんかない！

三蔵　ずいぶん最初のほうだな、ばれてたの！　だったらその後の会話はなんなん……

将校　わああああ。（死ぬ）

三蔵　えー……（触って）老衰《ろうすい》してる。平均寿命は52歳と聞いたが……恐ろしい国だぜ。（ドアがあるので暗号を入力して空ける）

大規模な地下工場。
小型のＵＦＯが作られている模様。

三蔵　……なんだこりゃあ。テレビに映ってたＵＦＯじゃねえか。自分とこで作ってたのかよ？（写真に撮る）

サルバドルが現われるので隠れる。

サルバドル　みんな、いそげいそげ！　ほんとに飛べるのは五、六台でいいんだ。なんのためにこの国の倍の工賃を払っている。そんなことじゃ式典に間に合わんぞ。（電話）……どうも、ヤルチェンコ社長。ズンザンジ金鉱の株とサンドバン重工の株の件ですね。今すぐ売却して二番手のウンスースンセンシソン化学の株を買いなおしてください。両会社とも人類退化ガス攻撃で明日中に破滅しますゆえ。はい。もちろん我々もとっくに売り抜けております。はい。それでは、コンサルティング料の三〇〇万ドルの振り込み、よろしくお願いします。

三蔵　……宇宙人自作自演のインサイダー取引ってやつか？　ミャンの言った通りだな（録音機を出す）。

そのとき、三蔵の来ているシャツのボタンが弾けて、サルバドルの目に当たる。
びしっ！　ばちっ！

三蔵　あっ！　ボタンが！
サルバドル　ぎゃあああ！　目が……見えるほうの目があああああ！
三蔵　いけねえ
サルバドル　誰か！　誰か目薬を！

兵士一名、現われる。

兵士　サルバドル様、ヘビナス星人G様がお食事にお目見えです。
サルバドル　呼べ！　そして、目薬をくれ！
兵士　目を大きく開けてください。（サルバドルの目につばを吐く）が━っ、ぺっ！
サルバドル　ぎゃあああああ！　何しやがんだこのやろう！
兵士　我が国では、唾つけとけばだいたい治りますから！
三蔵　あいつら……バカでよかった。

車椅子に乗せられた、宇宙人風の格好をした軍一郎、現われる。

三蔵　……ふん、やっぱり軍一郎じゃねえか。

音楽。

式典会場。

声　只今より、オンドルスタン共和国からオンドルスタン王国への改名式、および、初代オンドルスタン王戴冠式のオープニングセレモニーを行なう。

ファンファーレ。

オンドル人ダンサーたちによる華麗かつ短時間のショータイム。

別の場所（裏通路）から、兵士に連れられた犬塚とひかる。

犬塚　ひかるちゃん、各国の有名人が集まってる。あ！　松崎真《まつざきまこと》だ！

ひかる　誰？

犬塚　山田隆夫《やまだたかお》の前に『笑点』で座布団運んでた人だよ!!　あ、すごい！　アル・ヤンコビックもいる！

ひかる　誰？

犬塚　マイケル・ジャクソンの替え歌で大ヒット飛ばした人だよ!!　あ！　ラッセンだ！　クリスチャン・

ラッセンだ！　上京した頃、危うく絵を買わされそうになったよ！　ヒロ・ヤマガタまでいるぞ！

ひかる　何やねん。俗っぽい男やなー！

犬塚　俗っぽくていいんです！　俺、子供の頃、「変わってる！」って言われるのがコンプレックスで。普通の人間に憧《あこが》れて憧れて憧れてウェイターになったのに。……なんでこんなことしてんです⁉

ひかる　知らんがな！

二人、楽屋へと去る。

ショーの楽しげな音楽が聞こえる。

楽屋。

アーティストたちのなかに、なぜか気を失っている軍二郎と、それを心配そうに見ているnanana、シンとミンスと豚。ヒュンダイもいて、ショーの段取りを確認している。

ヒュンダイ　当式典の責任者ヒュンダイを甘く見るな。ミスは一ミリも見逃さん！　速攻、炭鉱送りだ！

嬉しさ組　（悲痛）はい！

ヒュンダイ　出番だ、行け。（一人ひとりケツをひっぱたき、ついでにひかるまで押し出してしまう）！

ひかる　わ！　ちゃうちゃう！　うち、ちゃう！

ひかる、ダンサーたちと一緒に、出て行く。

nanana　え？　犬塚？
犬塚　え？　誰？　……あ。
ヒュンダイ　（ジョーを監視しながら）どうされました？　テンホー様。
nanana　え、いえ？

犬塚が寄ってこようとするので、「しっしっ」と追いやるnanana。

ヒュンダイ　あれ？　な、なんだ、あのタンバリンを死に物狂いで叩いてる女は！　（舞台のほうへ）

ヒソヒソと話しているシンとミンス。

シン　さっき、小耳に挟んだ。ジョンオクは戴冠式でお妃候補《きさき》を披露するんだと。まずいじゃん、母ちゃん。
ミンス　一《いち》か八《ばち》かだ。戴冠式が始まったら、お恐れながらと名乗り出て、芝居を打つんだ。あんたが生まれたとき、三人で撮った写真が証拠さ。あたしたちは正式に離婚したわけじゃないし、見て、あんたのDNA鑑定書も持ってきた。となると、王位継承権のあるほうを選ばざるをえないだろ？
シン　父ちゃんが母ちゃんを恨《うら》んでいたら？　銃殺されて終わりだぜ。
ミンス　世継ぎの生みの親を殺しゃあできないさ。それにオンドルスタン国民はこういうメロドラマチックな展開が大好きなんだ。自信もある。あたしはあの人を喜ばせるすごい技を持っているんだ。
シン　どんな？

ミンス　言えないよ、息子の前で。
シン　……
ミンス　どうした?
シン　……いや……

突然、豚が仮面を取ってビッグになる。

ビッグ　暑いと思っている。ビッグは今、暑さによる死を予感している。
nanana　黙って!
ビッグ　えー?
nanana　さっきから軍二郎が気を失ってるの。……でも、気を失ったまま何かを喋ってる。
ビッグ　それ、交信している。
nanana　交信?
ビッグ　軍一郎と軍二郎は、心でつながってるの。
シン　(携帯で電話していた) おふくろ!
ミンス　なんだい。
シン　ドンナムからです!

突然、ドンナム、別の場所に転がり出る。

ドンナム　会長！　大変です！　ミャンが！

ミャン、辛龍会の面々と乱闘しながら出てくるので、そこは辛龍会になる。

ドンナム　ミャン！　どうしたんだ！　気でも狂ったか！

全員を倒すミャン。

ミャン　いいや。筋書き通りさ、ドンナムの兄貴。
ドンナム　なにぃ。
ミャン　もともと俺は、勝場組のスパイだったって話さ。
ドンナム　じ、じゃあ、一緒に二人で町内の芋煮会《いもにかい》に行った思い出は？
ミャン　いやいやだったさ。俺はバナナが好きさ。
ドンナム　チームナックスの公演のチケットが取れなくて、一緒に悔《くや》し泣きした思い出は？
ミャン　むしろ、取れなくてホッとしていた。それより俺はバナナが好きさ、とにかくバナナが好きさ。
ドンナム　なぜそんなに？
ミャン　俺が猿だからさ！　（鬘をとる）きいいいい！
ドンナム　えええ！

典明、現われる。

典明　（わりと長く笑う）どうだ、この黒幕っぽい笑いかた！
ドンナム　……
典明　どうだと聞いているんだ！　何点ぐらいなんだ
ドンナム　65点くらい、すかね。
典明　……出から、やり直す！
ドンナム　無駄！　時間の無駄！
典明　ふん。辛龍会もこれで終わりだな。幹部をオンドルスタンに行かせたのもすべて、筋書きどおりよ。
ドンナム　あんた、ミャンに刺されたんじゃ？
典明　バカめ。あれは劇用の刀だ。
ドンナム　げ、劇用だって⁉
典明　ミャン！　刺してみろ。

ミャン、典明の首を刺す。

典明　（血がものすごく噴き出す）ほら、刺してもなんともないわけじゃ、なく……血がすんごく出てる‼
劇用じゃねえ！

ミヤン　そう。これがあんたの知らない筋書きだ。
典明　ううううう、ミャン！
ミヤン　（笑う）
典明　今のは……？
ドンナム　93点。
典明　お前が黒幕なのか？
ミヤン　すべて、軍二郎の命令だ。これより、辛龍会と勝場組は、このミャンが取り仕切る。進化した猿の俺がな。
ドンナム　進化した猿？
典明　……軍二郎は、やはり俺を憎んでいたのか。
ミヤン　憎む？　人間が豚を憎むか？　無感情に、殺す。それと同じだ。軍二郎とあんたはもう、違う次元にいる。
典明　……なるほど。なら、俺は25年前の賭けに勝ったんだな。
ミヤン　どういうことだ。
典明　憎しみもなく親を殺せるほど、進化した人間を育てた。そんな親がこの世のどこにいる。俺の勝ちだ。俺はこの世のすべての父親に勝った。
ミヤン　（もう一度刺す）どんだけポジティヴ思考なんだよ！
典明　……これこそマゾヒストの最高の死にざまだ！　軍二郎！　俺の遺伝子で、思うさま遊ぶがいい！

音楽。

ミヤン　あんたの遺伝子こそ邪魔だと、軍二郎は言って……

典明、歌う。

♪のぼりつめた　マゾヒスト
　マゾのあがりは

ミヤン　聞け！　人の話を！

♪愛しい我が子の
　手にかかること
　息子はサド　父はマゾ
　君は世界にヤキを入れるがいい
　それがヤクザの進化論ならば

典明、死んだか？

ドンナム　（携帯に）こんなありさまです……会長。会長？　……ちぇ、こいつがここにいると、必ず会長と電話がつながらなくなるんだぜ。

ミャン、ドンナムの首に注射。

ドンナム　（わなわな）ああああああ！　（と言いながら客席に降りていく）
ミャン　オレはバナナが好きさ。

典明、ミャンを斬る。

典明　ときにMはSになる。（再びミャンを斬る）
ドンナム　ミャン！
ミャン　……（絶命）
典明　Mをつきつめたsほど強いものはない！　そして、Sを極めたものの死は、うつく……
ドンナム　ぎゃあああああ！
典明　うるっせえな……（死ぬ）
ドンナム　あああああああああ！　うっとおしいですよね！　すいません！　あああああああ！　転換の準備ができるまで我慢してください！　あああああああああ！　もう少しですからー。（そして倒れ、最後にこっそり面を被り、ネアンデルタール人ぽくなる）

第7章　地下工場の秘密

衝撃音。が、徐々に変化し、工場の音。
オンドルスタン地下工場。
宇宙人の恰好をした軍一郎とサルバドルが話している。
陰で見ている三蔵。

サルバドル　軍一郎。もうすぐ戴冠式だ。この国の人間が情報弱者でよかったな。誰一人おまえが進化した奇形の人間であることに気づかない。なかには宇宙から来た救世主だと神格化するものさえいる。

そう言いながら、食事を運んでくる。

サルバドル　しかし、あながち間違いじゃない。こうして自ら生贄《いけにえ》を捧げにくるわけだからね。
三蔵　……生贄だと？
サルバドル　この国の人間の命は、軽い。おまえの長生きのためには喜んで差し出すさ。まさか食われるとは思ってないだろうがね。

サルバドルが食事の蓋を開けると、そこには人間の脳が。

三蔵　うおっぷ。

サルバドル　この人類ネアンデルタール人化計画が成功すれば、もっと栄養状態のよい脳が手に入る。辛抱《しんぼう》してくれ。おまえが人の脳のニューロン細胞を摂取すれば体調を取り戻すことに、もっと早く気付くべきだった。

軍一郎　（食べながら）俺のクローンを見せろ、サルバドル。

サルバドルが、そこらにあるボタンを押すと壁が開き、大勢の（宇宙人の格好をした）軍一郎の無数のクローンがのぞける。

軍一郎　ふん、俺が一から開発した製造方法だが、この国の科学者たちにしては、よくできたほうだろう。戴冠式の始まりとともに、俺の分身たちは世界に飛び立つ。そして、新しい時代が始まるんだ。

サルバドル　その通りさ、だから、軍一郎。

軍一郎　なんだ？

サルバドル　そうはさせない。

サルバドル、ピストルで軍一郎の頭を撃ち抜く。

サルバドル　残念だ。軍二郎程度の知能なら死なずにすんだものを……。我々は進化した人間を受け入れるには野蛮すぎるのだ。なにが人類ネアンデルタール人化計画だ。神の知性の戯れに付き合う気は毛頭ない。新しい時代なぞ望むものは、下流《かりゅう》の人間さ。富むものほど望まない。（死体を隠す）

三蔵　（出てきて）その望まない人間たちから、恐怖を担保に経済を操り、闇の金融社会の手綱をとろうと。

サルバドル　……！

三蔵　ドクター・サルバドル。科学者のあんたが、そんな野望をお持ちとはね。（餅を投げる）

サルバドル　（食べて）なんだ！

三蔵　お餅《もち》だ！

サルバドル　くそっ！　誰だ！

三蔵　（ピストルを構えて）国際未解決事件捜査官ナンバー3。ラストフラワーズ殺人事件の容疑者として、あなたを逮捕する。なお、余罪については進化した猿ミャンから、すべて聞き出した。あんたが双子にずっと騙されていることもね。

サルバドル　騙されている、だ？

三蔵　見ろ。（タブレットを見せる）ミャンだ。自白剤を打ってある。

映像が映る。朦朧としたミャン。

ミャンの映像　……軍二郎が軍一郎に操られているというのは、サルバドルをあざむくための芝居だ。

軍一郎は見た目通りの空っぽのキケイジ。だが、二人は脳で交信できる。だから軍二郎が遠隔操作で動かして賢く見せてるんだ。本当に進化したのは軍二郎だけだ……

サルバドル　な、なんだって。私は、25年も騙されていたというのか!?

三蔵　あんたの余罪もたっぷり聞いた。逮捕後、精査する。

サルバドル　わかりました……とは、ならないね！

サルバドル、背中にしょったロケットランドセルでゴゴゴゴと空を飛ぶ。

三蔵　なにぃ！

サルバドル　（笑う）なんのために私に長いワイヤーがついていると思った!?

三蔵　ハーネスか！　気づいてはいたが、このタイミングとは!?

サルバドル　（飛びながら）警備兵！　侵入者だ！　戴冠式の前に捕《つか》まえろ！　急げ、仲間がいるかもしれない！　あと、ものすごく怖い！

三蔵　（靴を脱いで耳に当て）ナンバー5。任務だ！

地図を見ながら別の場所を歩いていた村西と早川が、一瞬で登場。

村西　（靴を耳に当てている）わかりました。早川さん、悪いがこの先は一人で行ってくれ。（去る）

早川　それ、靴じゃなきゃダメだったのかな？　腕時計とかのほうが……わかった。

地下工場。サイレンが鳴り、警備兵たちがわらわらと出てくる。
その騒ぎに紛れて転換。
ファンファーレ。

声　続いて、世紀のマジシャン、三木田テンホーショー！

拍手。楽屋。
ダンサーたちがハアハア言いながら戻ってくる。
そのなかに、ひかる。

ミンス　ドンナムは、なんだってんだい？
シン　切れ切れにしか聞こえなかったが、ミャンが勝場組のスパイだとか……
ミンス　なんだって！　おい！　軍二郎！
軍二郎　（目を明けて）今、軍一郎が死んだ。
ミンス　ええ？
軍二郎　悲しみはない。もはや、軍一郎はいくらでもいる。
nanana　どういうこと!?
ヒュンダイ　（戻ってきて）な、なにやってるんですか！　テンホーさん！　出番です！　この後は、戴冠式なんだから急いで！　はい！　行って、行って！

ヒュンダイ、テンホーに扮したnanana、シン、ミンス、豚に扮したビッグらを舞台に押し出す。

こっそり去ろうとする、ひかる。

ヒュンダイ　おい（鞭をビシッと鳴らす）。

ひかる　……はい。

ヒュンダイ　私のショーを台無しにしたな。

犬塚　ち、違うんです！　この子は間違って……

ヒュンダイ　誰だおまえ？

犬塚　ミュ、ミュージシャン？　です。……彼女と、二人組の。

ひかる　……

ヒュンダイ　将軍様の席に来い。ジョンオク将軍がことのほか喜んでいる。日本に留学していたころに見た、あんたみたいなタンバリンを叩く歌手を思い出したそうだ。褒美《ほうび》をつかわす……本来なら銃殺にしたあと、収容所送りだぞ。

三人、去る。

残った軍二郎、アタッシュケースを開く。

血を吐く軍二郎。

暗転。

音楽。

嬉しさ組の華麗なる踊りとともに、ｎａｎａｎａのマジックショーが始まる。

ｎａｎａｎａ、着飾ったスジュンとともに、バルコニーで見ていたジョンオクを呼び出す。

ジョンオク、喜んで出てきて、示された箱に入る。

入れ替わりに、バルコニーに来るひかると犬塚。

箱をｎａｎａｎａが再び開けると、そこには豚。

シン・ミンス　（両手を広げて）はーい！

プリリリと、音。

nanana　（ハイヒールを脱いで耳に当てる）ナンバー５？　今、演技中なんだけど……軍二郎？
メインステージの楽屋にいたけど。う！　（なぜか、えずく）……！

暗転。

ダクトの中を何か大きなものがドンガンガランと通過する音。

ジョンオクの叫び声。

明転。

ダクトから、ジョンオク将軍が転がり出る。
あたりは非常に暗い。

ジョンオク　いってぇな！　こんな乱暴な手品、あるかー！　バカかー！　どこだここは？　おーい！　なんにも見えないじゃないか！　護衛兵！

早川が現われる。ピストルを抜いている。

早川　なるほど、こういう仕組みか。時間通りだ。
ジョンオク　誰せよ、おまえは？
早川　ラストフラワーズ（撃つ）。
ジョンオク　（逃げる）や、やめれー！
早川　しまった！　待て、刈り上げ豚野郎！（撃つ）
ジョンオク　……やめれー！　え？　あんた、今、なんて言った？
早川　刈り上げ豚野郎。
ジョンオク　その前だ。
早川　やめれー。
ジョンオク　それはぁ、俺のだい。
早川　じゃあ……ラストフラワー……

ジョンオク　それだ！　顔をよく見せてくれ。
早川　なんだよ……（うっとおしい）なんだよ。
ジョンオク　あんた……早川速男か⁉
早川　え？　……な、なぜ。俺を。
ジョンオク　……ファンだぜ。あんたの歌、ラストフラワーのせよ！
早川　なんだって！
ジョンオク　日本に留学していたとき、ラジオで流れているのを聞いて、ファンになった。ライブにも行った。
早川　まじか……俺の、女房が作った曲だ。
ジョンオク　あのタンバリンを必死で叩く狂女か。
早川　狂女ではないが、彼女がこの世に残したたった一つの曲だ。
ジョンオク　死んだのか……我が国では誰でもこの歌を知っている。素晴らしい歌だ！　私がこの国に持ち帰って、ミリオンセラーにした。この曲しかないから毎年ミリオンセラーだ。
早川　勝手に豚野郎！
ジョンオク　すまない。印税を払う。一〇億だ。

間。

早川　ありがとうございます。
ジョンオク　よろしくお願いします。

二人、同時に「……あ、えーと振込先ですよね」「領収書用意しますんで印鑑のほうお願いしますね」。

暗転。

すぐにまた、楽屋。

アタッシュケースを開き、パソコンの操作をしている軍二郎。

ステージから歓声。

軍二郎　その前にショーを終わらせようか。うまくやってくれよ、ビッグ。

ピストルを構え、三蔵が入ってくる。

三蔵　そう、そしてこのショーもそろそろ終わりだ。
軍二郎　ファットダディ……（立ち上がる）生きてたのか。
三蔵　またの名を、ミッシング捜査官ナンバー3だ。進化したヤクザ、勝場軍二郎。人類の安全のため、おまえは逮捕しない。超法的職権でもって今ここで射殺する。
軍二郎　惜しいな。俺があんただったら、名乗る前にそうしただろうね。
三蔵　死ぬ前に聞かせてもらおうか。人類ネアンデルタール人化計画とは何だ？
軍二郎　……俺が憎いか？
三蔵　憎くはない。危険を感じているだけだ。

軍二郎　憎しみもなく人を殺せるなら、俺と同じだな。
三蔵　なに？
軍二郎　俺は数多くの人間の脳を食ってきた。食わなければ新しく重い脳を持つ不完全な肉体が保《も》たないからだ。
三蔵　そんな話は聞きたくない!!
軍二郎　だが、人を憎んだことは一度もない。あんたはどうだ？
三蔵　……ある。激しくな。
軍二郎　じゃあ、人間に憎しみの感情がなくなれば、世界はどうなると思う？
三蔵　少なくとも平和には、なるだろう。
軍二郎　しかし、世界を動かしているのは、憎しみの感情だ！　憎しみにより、戦いが起き、戦いは破壊をもたらし、破壊が創造を生む。それがホモサピエンスの進歩の歴史だ。

音楽。

舞台中に映し出される、憎しみに溢れた世界情勢の映像。

軍二郎　今の人類が生まれる前、クロマニヨン人とネアンデルタール人が地球にいた。クロマニヨン人は、平和なネアンデルタール人を滅ぼした。彼らは憎しみと攻撃性を知る人類だったからだ。もちろん現生人類《げんせいじんるい》ホモサピエンスはさらに憎しみを進化させ、クロマニヨン人を滅ぼして頂点に立った。その流れで行くと、俺は、全人類を滅ぼさなければならない。滅ぼすのはわけもない。米国防総省のコンピューターに侵入すれば、すべての核兵器を自在に操れる。が、俺にはヤクザの血が流れている。人類には義理がある。だから生かしておく。しかし、彼らに憎しみと恐怖の感情がある限り、俺の生存は常に脅かされるだろう。そのにらみ合いは不毛だ。

軍二郎　だから、退化ガスを開発したというのか。

三蔵　これから始まる戴冠式を合図に、兄貴のクローンを乗せたUFOが全世界に飛び、ウィルス入りのガスをまく。ウィルスは遺伝子を操作して、人をネアンデルタール人に退化させる。訪れるのは争いのない世界だ。神がもっと早くやるべきだったことをやるだけさ。

軍二郎　いくらジョンオクでもそんなことをしたら、世界中から支援を受けているこの国が自滅することとはわかっているはずだ！

三蔵　ジョンオク将軍は、支援のためのただの脅しだと思っているが、残念ながら、この国の王になるのは進化した豚だ。

軍二郎　なに？

三蔵　それにこの国の人間の脳だけは退化させない。俺と、兄さんのクローンたちの食料が必要だからな。

軍二郎　脳を食うのか？　人間への義理はどうした？

三蔵　オンドルスタン人は勝場組の敵だ。けじめをつけてもらう。ヤクザの論理にブレはない（咳こむと血）。

軍二郎　くそ。

三蔵　栄養不足か……（ピストルをかまえる）どちらにしろ、おまえは終わりのようだな。

軍二郎　ピストルを置け。

三蔵　……はい（置く）。……え？

軍二郎　ゲッツ。

三蔵　いやいやいや、（ポーズ）ゲッツ！　なにぃ？

軍二郎　なんでだろ～

三蔵　（動いて）なんでだろ～……なんだこれは!?　……なんだこれは!?

軍二郎　だから、惜しいな、と言った。あんたが部屋に入ってきたときから、旧人類には聞こえない周波数の声であんたの潜在意識に予備催眠をかけておいた。（アタッシュケースから小さな電気のこぎりを出す）脳をもらうぞ。

三蔵　くそ！　違うポーズで！　せめて、違うポーズで！

ヒュンダイの声が聞こえる。「（ややおどけて）さあ、大変！　我が将軍は豚になってしまいました！このままでは戴冠式ができません！　テンホーさん！　我らが王を早く元に戻してください！」　笑い声。

この間に舞台はメインステージに戻っている。

nanana　もちろん、豚のままでは、オンドルスタンもお困りでしょう！　新しい王を元に戻します！（バルコニーを指す）

バルコニーにポンと現われるジョンオク（ビッグ）。

なので、そこに心配そうにいたスジュン、後ろにぶっ飛ぶ。

盛大な拍手。突然現われるのでびっくりする、ひかると犬塚。

ひかる　あ、あの、ヒュンダイさんに呼ばれてきました。砂漠ひかるです。
ビッグ　あ？　ビッグ、いや、将軍、知らない。
ひかる　ええ？
ヒュンダイ　三木田テンホーさんに拍手を！　それでは、ご来賓《らいひん》の皆さま、いよいよ、ジョンオク将軍の初代オンドルスタン王国国王の戴冠式を行ないます！

ファンファーレとともにバルコニーがそのまま降りてくる。
バルコニーに乗り遅れたスジュン、慌てて。

女官スジュン　ジョンオク様ー！
犬塚　（バルコニーにいたので）え？　ちょ、これ、ちょっと。
ひかる　うちら、関係あらへん！
ヒュンダイ　さてみなさん、戴冠式の前にサプライズがございます！　なんとですねぃ、ジョンオク将軍は、めでたきこの日を記念し、新しい王妃と婚礼の儀を同時に執り行なうことになりました！　将軍、誓いの指輪を新婦に！
ビッグ　あ？　そうなの？　（臣下が持ってきた指輪を隣にいたひかるにはめようと）じゃ、はい。
ひかる　え！　あかんあかん！

拍手と歓声が起こる。

ひかる　……あ。ちょっとええかも。
犬塚　あかんあかんあかん！
ミンスの声　その結婚！　ちょっと待った！

ミンスとシン、阻止する兵隊を蹴散らしながら出てくる。

シン　銃を向けたことを後悔なさらぬように。顔は覚えているので‼　その結婚は無効です！
ヒュンダイ　なんだ貴様！　この式は国際放送されているんだぞ！
シン　ここにいるのは私の母ミンスです！　彼女こそジョンオク将軍の妻で、離婚はしておりません！　この国で重婚は重罪のはず！　妃につく権利は母にあります！　そして、私、シンはその息子。つまり、次の王位につき、この国を統治するのはこの私！
nanana　え？　じゃあ……あたし（腹を押さえる）。
ヒュンダイ　証拠は⁉

兵士たちがシンらを囲む。

ミンス　シンのＤＮＡの鑑定書です！（紙を広げる）

ヒュンダイ　……た、確かにあなたには見覚えがある。将軍の部屋に飾ってある写真を30歳ほど老《ふ》けさせた顔だ。

兵士たち、ざわつく。

ミンス・シン　どうか！　ご確認を！
ヒュンダイ　将軍。どうします？
ビッグ　……ボクのＤＮＡを、調べるの？　えーとね、それはぁ、よくないんじゃないかなあ。

シン、走ってビッグの口の中に指を突っ込み、えぐる。

シン　（指を突き上げ走りながら）ここに！　新たなる王の細胞がある！　どうか鑑定を！
ヒュンダイ　将軍様！
ビッグ　（えずく）おえっ！
ヒュンダイ　お、おえ！　このものを追え！

兵士たちが捕えようとする。

ミンス　やいやいやいやい！　（バズーカをぶっ放つ）……ＤＮＡ鑑定が間違えなければ、銃を向けたものは、公開処刑になるのはわかってるせよか！　一致しなきゃすぐに殺せ！　この国の白黒つける前にそこハッキリさせとこうじゃないの‼

膠着するステージ。

犬塚　ひかるさん
ひかる　うち、漏《も》らしそう！
犬塚　（泣く）僕、漏れました。

突然、爆撃音。
ステージ上を、煙を上げ横切って飛んでいくサルバドル。

サルバドル　うぎゃああああああ！
ヒュンダイ　もう、なんでもありか！

楽屋。
まさに、軍二郎が、三蔵の頭を電気のこぎりで切ろうとしているところに、ロケットリュックを背負って落ちてくるサルバドル。

軍二郎　わ！　なんだ、サルバドル！

サルバドル　セ、セレスティーノ様が……

軍二郎　セレスティーノ？

ドアが開き、セレスティーノと、機関銃やピストルで武装したマフィアたちが入ってくる。

セレスティーノ　なんでもおわかりのようだな！

軍二郎　(弱っている)デルタランドのカジノ王。俺をサルバドルに作らせた張本人様ですか。なるほど、あなたほどの人物をオンドルスタンが招待しないわけはない。

セレスティーノ　脳が食いたいか、軍二郎。

音楽。

セレスティーノ、踊りながら執事の持った水槽から風呂敷をとる。スモークのなか、冷凍された脳が見える。

セレスティーノ　さあ、私の母の脳を食ってみろ。

軍二郎　死んだ脳を食うのは無意味だ、ごめんこうむる。

セレスティーノ　……やはりな。

サルバドル　な、なにを言ってるんだ、軍二郎！　セレスティーノ様、違うんです。わ、わたしはあなたの夢のために全生命を賭けてこれまで！

セレスティーノ （ピストルで撃つ）

サルバドル 足！

軍二郎 こいつを殺すのが遅すぎましたね。

サルバドル 死んでないし。

セレスティーノ どうして母の脳が死んでいるとわかった。

軍二郎 まあ、ぐしゃっとなってるから。

セレスティーノ ぐしゃ？

サルバドル ぐしゃっとなってたんです。初めから。裏側見てください！ ミスター・セレスティーノ、あなた、お母さんの脳を取り出すとき、素手《すで》でやったでしょ！

セレスティーノ 手で、やった。愛をこめて。

サルバドル ダメなんです。おにぎりじゃないから！ そういうのデリケートな作業ですからぁ！

感染症の問題とか！

セレスティーノ ……ああっ！

三蔵 誰か話しかけてくれ！ 「なんでだろう」のまま放置はつらすぎる！

軍二郎 母は死んだ。ほんとのことを言っちゃあ、あんたから研究費がひっぱれなくなるからな。

セレスティーノ 死んでるのがわかっていて25年も……

サルバドル 目がくらみました。ひひひひふ、ふ、双子の進化の素晴らしさに！ 研究費を投資に充《あ》てていたのも事実です！ しかし、それもいつかポメレンケ舞踏病の根絶のため。ひいてはこの世のすべての遺伝子病の……

セレスティーノ　他人の病なぞ知らん！　（撃つ、が、手が震え、銃を落としてしまう）
サルバドル　（腹に当たり）そして、私の、ノーベル……ノーベル……賞の。
セレスティーノ　代わりに、はちみつキンカンのど飴《あめ》をやるよ。
サルバドル　ノーベルッ！　……（死ぬ）
軍二郎　あんたこそ、どうして死んでるとわかった。
セレスティーノ　……（椅子に転がり込み）語りかけても、何も返ってこなくなったからだ。
軍二郎　あんたの幻想が、やっと現実にたどり着いたんだな。
セレスティーノ　なるほど。私は初めから夢でしかないものにすがりつき、ただ、夢から覚めただけなのかもしれない。四半世紀も！　……残ったのは、激しい憎しみだけだ。だが、これを誰にぶつければいい。答えろ、進化した子供なら。
軍二郎　大丈夫です。もうすぐ、怒りも憎しみも感じなくなる瞬間が来ますよ。そのためには、脳を。新鮮な脳がないとダメなんだ（どんどん弱る）。
三蔵　……初めに人間を殺したのはいつだ、軍二郎？
軍二郎　なぜ、そんなことを聞く？
三蔵　警察官としての好奇心だ。冥途《めいど》のみやげに聞かせてくれ。
軍二郎　18年ほど前だ。大阪に旅行に行ったとき、通りすがりの少女を誘い出してナイフで殺してみた。確か、花って名前だったかな。どんな感情になるかの実験だ。
三蔵　殺してみてどうだった？
軍二郎　……別に。もう、限界だ。さあ、食うぞ！　（電気のこぎりを回す）

三蔵　……それは……俺の娘だ！！！

三蔵、「なんでだろう」のポーズをとき、ピストルを拾い、軍二郎の頭にピストルを押し当てる。

軍二郎　俺の催眠が解けるとは……

三蔵　旧人類の怒りの力をなめるなあ！！！

セレスティーノファミリー全員、三蔵に銃を向ける。
が、セレスティーノだけは自分の頭を撃ち抜く。が、手が震えて撃ち抜けない。次第に明かりは彼のみに。
哀しい音楽のなか、何度も自分を撃とうとするが撃てず泣く、セレスティーノ。

セレスティーノ　無意味だ！

nanaの姿が浮かび上がる。

nana　無意味だったとは思わない。これまでの人生。なぜ、こんなにうまくいかないのか。むしろ意味を追い求めすがって、未解決事件の捜査員にたどりついた。それでも足りずにセックス依存症にもなった。そしていつの間にか、ここにいる。大切なものを授かりながら。私には、もう意味は邪魔だ。私はこの混沌のなか、場所が欲しいだけ。私だけの場所が。

メインステージに。男が入ってくる。

兵士　ヒュンダイ様ー！　お持ちしました！　（茶封筒を渡す）

ヒュンダイ、茶封筒の中から書類を出す。隣に科学者らしき男。

ヒュンダイ　ジョンオク将軍のＤＮＡ鑑定の結果が出た！　（読む）……（真っ青になって）えと。将軍。

ビッグ　なんだろう。

ヒュンダイ　これ、読み上げてよろしいのですか。

ビッグ　よろしくないと思う。

ヒュンダイ　読み上げないと、世界中が納得しないと思われますが……

ミンス　読め、早く！　ヒュンダイ！　戴冠式もあるんだろ！

ヒュンダイ　二人のＤＮＡは一致……しない！

シンとミンス、警備兵たちに撃たれる。

nanana　シン！（駆け寄る）

ヒュンダイ　待て！　しかし、なぜならば！　ジョンオク将軍の遺伝子が、その、なんというか、豚の遺伝子だからである！　こいつは……偽物だ！

どよめく兵士たち。

ビッグ　あ！　油断してたら手が豚に！　ビッグ、逃げるべきだと思う！

ステージのカーテンの向こうに逃げるビッグ。
兵士たち、ビッグを撃つ。ビッグの断末魔。
と同時に、カーテンの裏から本物のジョンオクと早川が出てくる。

ジョンオク　ミンス！

ミンス　……ジョンオク。……あたしを許して。

ジョンオク　ここまでたどり着けたおまえを許さないはずがない。

シン　……父ちゃんなのか、俺の。

ジョンオク　名を何という？

シン　シン。

ジョンオク、抱きしめようとする。
シン、ジョンオクの口の中に指を突っ込む。

ジョンオク　おう！　おう！
シン　ごめん……つい癖になって。
ヒュンダイ　貴様、確かに本物か⁉
ジョンオク　手を見ろ！
早川　本物だ。俺が保証する。（かなり弱っている）
ヒュンダイ　誰だ、貴様。
ジョンオク　早川速男。我が国民が最も愛する歌『ラストフラワー』の作曲者だ。この男に、助けられた。
ヒュンダイ　ええぇ？
ジョンオク　怪我人を運べ。次期王子、そして、妃となる、私の息子と妻だ。式典をこれ以上血で汚すな！
スジュン　ジョンオク様！　（泣き崩れる）
ジョンオク　そういうことだ、ごめん。時間がない！　戴冠式を行なう！

担架に乗せられ運ばれるシンとミンス。

nanana　シン！　シン！　こんなことになるなんて！

シン　nanana、なんだかんだ言って、身体もよかったが、愛してた。

nanana　私もよ！　あたし、確かにセックス依存症だったけど、すべてを受け止めたのはあなただけ！　教えて、あなたの居場所は、あたしのなかに、あった？

シン　……ああ。ずっとお前のなかに、いたかった。

nanana　シン！　……実は、あたし（耳打ち）。

シン　……なんだと！

運ばれていくシンとミンス。

ジョンオク　さあ、王冠を持ってこい！　おう、テンホー殿、タンバリンの彼女もいるな。君たちは主賓席に座りたまえ。

荘厳な音楽。

ジョンオク　これより、初代国王戴冠式を執り行なう。オンドルスタン第一放送局より全世界に告げる。私がこの王冠を被《かぶ》った瞬間から、この国家は王制に代わる。初代なので、誰も被せてくれないから、自分で被る！

ファンファーレ。

軍二郎の頭に銃を押し付けた三蔵が出てくる。

それを囲むようにマフィアたち。

三蔵　だめだ！　将軍、被っちゃいけない！

ジョンオク　（いきりたつヒュンダイを制して）誰だ？

三蔵　こいつの顔を見ろ！　あんたが宇宙人だと思っている生き物は、進化したヤクザの双子の兄弟だ！

nanana　ナンバー3！

ヒュンダイ　ほんとだ。そっくりだ。

ジョンオク　どういうことだ？

三蔵　それを被ると、脳の電磁波を受け、王冠の中のコンピューターが軍部のメインコンピューターに指示を出す。そして、世界の首都の真上にステルス型のＵＦＯが飛び立つ。人類ネアンデルタール人化計画の始まりだ。この戴冠式は、すなわち、世界への宣戦布告のスイッチなんだ。あなたはそれを脅しとして莫大な支援を得るつもりだろう！　しかし、よく聞け。これはいつものあなた流の茶番じゃない。こいつは本当に実行する気なんだ！　ミュータントは人間のことなんか蟻《あり》ほどにも思ってない！

ジョンオク　バカな！

三蔵　人として残るこの国の国民たちはどうなると思う？　こいつらの食料にされるんだよ！

オンドルスタン軍、マフィアたちに銃を向ける。

ヒュンダイ　将軍。我々は騙されたのかもしれません！

ジョンオク　……

杖を突いてミンスが出てくる。

ミンス　……シンが、死んだよ。

泣き崩れるｎａｎａｎａ。

ミンス　被れ！　王冠を！　ジョンオク！

ジョンオク　なんだと？

ミンス　あたしたちは何のためにこの国に帰って来た？　死ぬために来たんじゃない。かつて愛した男が王になる瞬間を見届けに来たんだ！　滅ぶなら頂点に立つところを見せてみろ。王になれ！　まだ愛があるなら！

王冠を被ろうとするジョンオクを早川が撃つ。

早川　任務を忘れていたよ。

ひかる　おっちゃん！

早川　……最後の一花さ。あんたが愛したあの歌は、平和の歌だ。（倒れる）

ヒュンダイ　この者たちを捕《とら》えろ！

ｎａｎａｎａ、走って行って王冠を被り、空に、ドレスの中から引き出したマシンガンをぶっ放す。

nanana　静まれ！　王位継承権で言えば、次は私！

王冠が光る。爆笑する軍二郎。

軍二郎　スイッチが入ったぜ。

三蔵　ナンバー7。おまえ、酔っぱらってるのか!?

映像。

格納庫の蓋が轟音とともに次々と開きはじめる。

nanana　私のお腹《なか》のなかにはシンさんの子供がいる。つまり、ジョンオクの孫を宿《やど》しているのよ！

三蔵　えー!?

映像。次から次とＵＦＯが飛び立つ。

三蔵　任務はどうした！　ナンバー７！　おい、えらいことになるぞ！

nanana　ごめんなさい、ナンバー３。あたしは任務より、妊婦を選ぶわ！

三蔵　うまいけどー！　(頭を抱える)

nanana　私は、ずっと探していた、自分の居場所を。そして、やっと見つけたの。ここよ！　ここが、あたしがいていい場所！　いなきゃいけない場所！

ざわめく人々。

三蔵　まずいな、パニックが起きている。

早川　歌え、犬塚。

犬塚　え？

早川　滅びゆくこの世界のために、あの歌を。

犬塚　ラストフラワー……ですね。
早川　オンドルスタンのみなさん、思い出してください！　これが、あなたたちが愛してくれた、俺の歌です！

犬塚、ギターを弾き始める。

早川　オンドルスタンのみなさん、思い出してください！　これが、あなたたちが愛してくれた、俺の歌です！
犬塚　♪この、今、
またたきのひとときだけ
凍らせて残せるなら
君といる一瞬を
神に差し出したい

早川、倒れる。

ひかる　おっちゃん！（抱きとめて）
早川　ピース（死ぬ）

犬塚　♪これ以上　これ以上
憎しみが続くなら
凍った花に　ああ　僕らはなりたい

軍隊とマフィアたちの打ち合いが始まる。
次々と死んでいく男たち。

犬塚　♪ラストフラワー
君と僕の世界で
ラストフラワー
永遠を夢と知りながら
ひかる　どないなるん？
三蔵　わからん。

次々と爆発するＵＦＯ。
炎はとても美しく空に広がる。
茫然とする軍二郎、「兄さん……」。
バルコニーに現われる村西。

村西　任務、完了。疑似ＵＦＯすべてに仕掛けた爆弾を作動させました。
軍二郎　兄さん！　（泣く）……証明したな。人間の行動原理はやはり憎しみと報復！　その繰り返しだ！
三蔵　（軍二郎に）憎しみはない。復讐でもない。しかし、まだ、おまえら不完全なミュータントには世界は任せられない。
軍二郎　未来が憎しみに満ちていてもか？
三蔵　滅びるなら、自分の責任で滅びる！
軍二郎　（最後の力を振りしぼって逃げ、ｎａｎａｎａを盾に機関銃を奪う）くそ！　ｎａｎａｎａ、死ぬ前に、おまえの脳味噌が食ってみたかった。それが夢だった。なんてうまそうなんだ！
nanana　そっち!?
軍二郎　いや、今からでも！（襲いかかる）
ミシス、仕込み杖を抜き、瞬時に軍二郎を横に切り裂いて、果てる。
nanana　あんたも、かわいそうな、男。
犬塚　♪ラストフラワー
最後の一秒のキスを
ラストフラワー

花に見立てたい
ラストフラワー
ラストフラワー

声　オンドルスタン宮殿の皆さん、緊急避難勧告です。各国の軍事基地から、宮殿に向かってミサイルが放たれています。報復攻撃が始まりました。ただちに避難してください

ミサイルの飛ぶ音。
溶暗。

頭に包帯を巻き、
ヘッドギアをつけた軍二郎が一人。

軍二郎 ……夢を見たんだ。とてもリアルな夢だった。そこは、神様のためのレンタルＤＶＤ屋。そこで一番の人気ソフトが『地球』っていうＤＶＤで、それはドタバタコメディの棚に置いてあるんだ。神様はそのＤＶＤをピザを食べながら観て大笑いしている。僕は、それがなんだか悔《くや》しくて、神様を殺そう、殺してやろうと思った。神様を殺すには神様になるしかないでしょ。僕は、新しい神様になって、神様をもう少しで殺せそうなところまでいったんだけど……いいところで、目が覚めたんだ。

明るくなる。
三蔵と家族たち。

三蔵 （軍二郎を張り倒して）なにわからんこと言うてんね、おまえは！　はよ、みんなに挨拶《あいさつ》しぃ、新しい家族や。

軍二郎　あ……（バカになっている）よろしく、おねまいします。

子供たち　お願いします！

三蔵　これが今日からお前のお母ちゃんやで。

軍二郎　お母ちゃん……

みよ子　（いちおう抱きしめて）あんたはもう、そいでのうてもカッツカツやのに、またややこしい子もろてきて、どないすんねん！　この、ウンコ染《じ》み猿股《さるまた》おやじ！

三蔵　ええやろ、このさい一人増えても二人増えてもおんなじことやがな。軍二郎にうちのこと教えてやって。

みよ子　しゃあないな。そのかわり、新しいTシャツこうてや、これ見て？　ピューマの顔がクタクタになって具《ぐ》志《し》堅用高《けんようこう》にしか見えへんやろがいな。

三蔵　わかったから、うちんなか案内したり。

みよ子　六畳二間の家、どんだけ案内できんねん。この腐れ皮被り地蔵！　……さ、みんな行こか。

子供たち　はーい。（靴をはく）

三蔵　おい、どこ行くねん。

みよ子　万博公園行ってボーッとすんねん。（軍二郎に）あんたも、おいで。

子供たち　（口々に）いこいこ。

みよ子　太陽の塔見たら、ボーッとすんで。

子供たち　（口々に）ボーッとすんで。

軍二郎　（うなずく）

みよ子　ほな、行ってきます。
子供たち　いってきまーす。
みよ子　……あ、そや、今夜ハンバーグやから、ひき肉こうてきといてな！　合《あ》いびきやで。豚8に、牛2やで！

みよ子たち、出かけていく。

三蔵　……（仏壇に）花、おまえを殺した男を、わし、育てるで。堪忍《かんにん》や。わしには、喜びにも、哀しみにも、憎しみにも……ハンバーグ食わしてやることしか、思いつけへんねん。

突然、村西、とんでもないところから現われる。

村西　ナンバー3！
三蔵　わ！　びっくりした。
村西　本当に我々、解散するんですか？
三蔵　しゃあないやろ。nanaはオンドルスタンの女王になってもうたし、お互い生活があんねん。つげさんの弔《とむら》い合戦《がっせん》も終わったし、潮時《しおどき》や。
村西　……ですよね。ですよね。じゃあ、せめて打ち上げでも。寂しいじゃないですか！　一杯やりましょうよ！　下北《しもきた》だったら土間土間《どまどま》にしますか！　都夏《つげ》にしますか、ジャックポットグループの！

三蔵　ナンバー5、いや、村西君……寂しいのは、おまえだけじゃないねん。

村西　で……ですよね。ですよね！

三蔵　ほなな。

村西　さ、さようなら！　俺も、元の爆弾魔に戻ります。（走り去る）

三蔵　ああ……。あかん！　戻ったらあかん！

郵便屋、来る。

郵便屋　佐伯さん、速達です（紙包みを渡す）。

三蔵　え？　誰やろ。……（包みをほどくと、本と手紙。読む）佐伯さん、お久しぶりです。タンバリンのひかるです。今度本を出すことになったので、読んでください。……あの子か。……（本をとって）ラストフラワーズ。

別の場所に、ひかる。本を開いている。

ひかる　……あとがき、砂漠ひかる。私の初の単行本『ラストフラワーズ』を今まで読んでくれてありがとうございます。ただのプータローの私がここに書いたラストフラワーズの物語は、私が、売れないシンガーソングライター早川速男に密着しているあいだに起こった、本当の話です。あの後《あと》、オンドルスタンは世界中の敵国に向かって無条件降伏し、すべての核ミサイルは自動操縦で海に落とされました。私は、なぜかオンドルスタンにいた、子だくさんで有名な佐伯三蔵さんに船で日本に送り届けてもらい、こうして、一冊の本を書き上げたのです。すべて、早川速男のあの歌がなければ体験できないお話でした。あの日、戴冠式で聞いたあの歌は、今でも私の頭のなかで再生されます。ラストフラワーズ。……そうそう、あれを歌った、ダメな取り立て屋犬塚ひろしは、オンドルスタンの人々に懇願《こんがん》されてあの地に残り、今では観光立国になった、オンドルスタンのテレビスタアになりました！

突然、スカバージョンの『ラストフラワーズ』。
犬塚ひろしと嬉しさ組他による大合唱とダンス。

♪この、今
またたきのひとときだけ
凍らせて残せるなら
君といる一瞬を
神に差し出したい
これ以上　これ以上
憎しみが続くなら
凍った花に　僕らはなりたい

ラストフラワー
君と僕の世界で
ラストフラワー
永遠を夢と知りながら
ラストフラワー
最後の一秒のキスを
ラストフラワー
花に見立てたい
ラストフラワー
ラストフラワー

ひかる　人間て、ほんまにおもろいもんです。私は、あの日を忘れず、そして、生きていきます。
ピース。

犬塚　ああっ！　普通になりたい！

終

あとがきにかえて

あの頃、といっても、いのうえさんと話をしたのがいつだったか。

場所も、劇場だったか、渋谷のガード下の飲み屋だったか、代官山のガールズバーでだったか、2丁目のおかまバーだったか、常に消しゴムが忙しくしている俺の頭の中では判然としないのだが、とにかく、そのとき俺のほうからいのうえさんに、

「そんなに演出力あるんだから、時代劇ばっかりやってないで、現代のスパイアクションものとかやったらいいんじゃないですかねえ。いーのーえしゃーん」

と、切り出したのだけは確かなことだ。

「なんだったらそれ、俺、書きますよ」とも。

ずいぶん、切り出したなあ俺、と、今になっては思う。

普段はそれほど切り出すほうではない。

切り出すと何しろ責任を背負わなければならなくなる。もちろん人に台本を書いたことなど、一度もない。頼まれたことも。

しかし、なにか、これくらいのことでもしないと、自分が変われない、というような

閉塞感を自分の中に抱えていた。そうだとしか思えない。それか、寂しかっただけか。

とにかく俺は退屈していた。

俺も劇団員も食うには困らなくなっていた。映画や美術館に通うことをしなくなった。CDも買わない。ましてや演劇なんて！　演劇には憎しみすらある。俺みたいに話にギャグを入れないと気のすまない作家は一生賞なんてとれないこともわかっていた。おかげで客は増えるが、いわゆる演劇界からは、作家としても演出家としても俳優としても、歯牙《しが》にもかけられずにいた。それは今も変わらない。

つまらねえ。まったくどうにもつまらねえ。

一日部屋にこもって、ペラ数千円のコラムを書き殴り、夜になれば酒や女や喧嘩《けんか》に明け暮れていた。そして、朝になると必ず路地のどこかで涙目になって吐いている有様《ありさま》。それを横目に往く、通学途中のルーズソックスの女子高生や、スーツ姿のリーマンたち。あの軽蔑しきった眼差《まなざ》し。それを朝のシャワー代わりに浴びるために。

スパイものを書くことなんて正直まったく興味がなかった。

あの頃、演劇界ではまったく対極の位置にいるいのうえさんに、はったりをかましたいだけだったのだ。

「できんすか？」

言っておいて「そんなのやだよ」を期待していたのか？

「やりましょうよ、できますよ」を期待していたのか？

正直どっちに転んでもいいと思っていた。

とにかく、自分発信の企画を、この演劇界のでっかい先輩に投げてみたかった。失礼だが、あのとき、いのうえさんという巨大な先輩がどう受けるか、だけに興味があったのだ。

振られた企画を粛々《しゅくしゅく》とこなす便利な作家や演出家、名前が主役より後にくる「頼まれ演出家」連中とは、俺もいのうえさんもわけが違う。その矜持《きょうじ》がお互いにあると思うからこそ、この思いつきをぶつけて見ないわけにはいかなかった。なにしろ俺は死ぬほど退屈していたのだ。

スパイものなんてよく知らない。しかし、いのうえさんのスパイものは、見たい。だとしたら、それを書くのは俺だろう。なぜなら思いついたのは俺なのだから。人に渡してなるものか。

「ああ、いいすよ、やりましょうよ」

いのうえさんは、1秒の躊躇もなく言った。

その刹那。抜き身で斬られた。と、肩を見た。当たり前だが、斬られてはいなかった。

しかも、

「おもしろそうじゃないですか」

いのうえさんは、そう、たたみかけて来た。

殺気。完全にいのうえさんの間合いのなかにいる。

俺は、いったん飛びのこうとしたが、

「じゃ、音楽、とりあえずヘビメタやめませんか」

と、むしろ、もう一歩懐に飛び込んで、いのうえさんの刀の柄を押さえようとした。

新感線の舞台を見ていると、ときどき自分がパチンコ屋にいるような錯覚に陥ることがある。いのうえさんの演出は、いつも音楽で人の心を「確変前のリーチ待ち状態」に追い込むからだ。それにはヘビメタは、必須の武器だろう。その武器を鞘《さや》に収めてもやりますか？

そして、俺は、初めて刀を抜いた。

「俺が書くなら、音楽、スカパラでやってほしいんすけど」

「ああ！　いいすね。スカパラ。うん、見えた！」

なにが見えたのかわからないが、またもや、俺の渾身《こんしん》の一太刀《ひとたち》を、彼はなんなくかわした。いつもの薄ら笑いで。ためらう瞬間もなく。その表情は「松尾くん、殺気《さっき》だだ漏《も》れですよ。大丈夫ですか」と物語っているようで、空に向かって切りつけているような無力さを俺は感じた。

しかし、この話はもちろんでか過ぎる。誰かがせっつかなければ実現しない。

そして、スパイものを書く、音楽はスカパラ、という条件をこちら側から提示した以上、せっつくのは俺でなければならない。

それから数年、俺はありとあらゆるスパイものの映画を観た。

そして、こう結論した。

「これ、舞台でやることじゃねえええええ！」

いったい、いのうえ先輩にはあのとき、なにが見えたのだ？

俺は彼の見た幻のようなものを必死で想像し、それをつかもうとあがいた。

あの時、やはり俺は斬られていたのだ。出直してこいと。

そんな俺に追い打ちをかけるように、何年かして新宿のノーパンしゃぶしゃぶ屋でヴィレッジの細川さんが、後ろから俺の肩をもみながら言った。

「松尾さん、あれ、どうなったんですか、いのうえと話していたスパイの話」

せっつかれた。

いのうえさんに見えたものを本気で探さないと、もはや、引き下がれない。

細川さんに肩を揉まれて、ノーパンしゃぶしゃぶを奢《おご》られるということは、喉元《のどもと》に匕首《あいくち》を突きつけられているのと同じことだ。

それから、俺の本当の闘いの日々が始まったのだった。

『ラストフラワーズ』は、あの日、いのうえさんに「見えた！」と思わせた何かに、少しでも近づけただろうか。

遠くで犬が吠えている。それが、本物の犬なのか？　誰かが犬の真似をしているのかはわからない。ただ耳障りだ。

気にするな。これは、二人の演劇界のヤクザ者の話なのだ。

二〇一四年七月

松尾スズキ

上演記録

「ラストフラワーズ」

東京公演　2014年7月30日（水）〜8月25日（月）　赤坂ACTシアター
大阪公演　2014年9月3日（水）〜9月30日（火）　シアターBRAVA！

キャスト

佐伯三蔵＝古田新太
勝場軍一郎／勝場軍二郎＝阿部サダヲ
nanana（横山奈々子）＝小池栄子
勝場典明／シン・ジョンホン＝橋本じゅん
早川速男＝宮藤官九郎
ミンス／佐伯みよ子＝高田聖子
ジョンオク将軍／ビッグ＝皆川猿時
サルバドル＝粟根まこと
つげ分析官／ペク教授／ヒュンダイ＝村杉蝉之介
ミャン＝河野まさと
村西五郎＝荒川良々
三木田テンホー＝山本カナコ
砂漠ひかる＝平岩紙
女官スジュン＝保坂エマ
犬塚ひろし＝星野源
ドンナム＝村木仁
セレスティーノ／オンドルスタン将校＝松尾スズキ
教官／ディレクターほか＝川原正嗣
勝場組組員／辛龍会組員／オンドルスタン兵ほか＝藤家剛、加藤学、川島弘之、安田桃太郎、南誉士広、熊倉功、横田遼
ダンサー／嬉しさ組／喜ばせ組ほか＝伊藤結花、遠藤瑠美子、高杉あかね、中江友紀
セレスティーノの母＝蒼井優〈映像出演〉
アナウンサー＝中井美穂〈映像出演〉
ナレーション＝木村匡也

スタッフ

作＝松尾スズキ（大人計画）
演出＝いのうえひでのり（劇団☆新感線）

美術＝池田ともゆき
照明＝原田保（FAT OFFICE）
衣裳＝伊賀大介（band）
音楽＝東京スカパラダイスオーケストラ／岡崎司
振付＝川崎悦子（BEATNIK STUDIO）
音響＝井上哲司（FORCE）
音効＝末谷あずさ（日本音効機器産業）／大木裕介（Sound Busters）
殺陣指導＝田尻茂一　川原正嗣（アクションクラブ）
アクション監督＝川原正嗣（アクションクラブ）
ヘア＆メイク＝宮内宏明（M's factory）
小道具＝高橋岳蔵
特殊効果＝南義明（ギミック）
映像＝上田大樹（&FICTION!）
大道具＝俳優座劇場舞台美術部
歌唱指導＝右近健一
音楽助手＝大塚茜
演出助手＝山崎総司
舞台監督＝芳谷研
演出部＝志村明彦　三木椰佳　飯田浩　小岩井卓哉　桂川裕行　竹内彩　中島謙　岡安孝三郎　渡邉圭悟　石田貴信　野々瀬大介
大道具＝高橋浩平　加藤晋一　神野明人　清水久史　兼松尚司　根岸利彦

フライング操作＝林正　鑓田勲
照明＝飯泉淳　浅利藍理　井上麻里江　熊谷康子　長谷川眞末（CAT）
ムービングライトプログラマー＝高田和彦（CAT）
映像操作＝山田裕二（CAT）
音響＝吉武奈津子　洪翔華
衣裳＝坂根真美子　花田裕子　吉田祐子
ヘアメイク＝中里純子　井口京子（M's factory）　水野久美子
床山＝栗城真由子（三川屋）
特殊効果＝久保田勝己
小道具＝森谷亜紀子　鈴木美幸
VIOLIN＝門脇大輔
和太鼓指導＝木津茂理
タンバリン指導＝ゴンゾー
マジック指導＝顔田顔彦
殺陣指導助手＝武田浩二
音楽コーディネート＝佐藤学（Sony Music Artists）／平野喜久雄（Beat on Beat）
特殊造形＝中田彰輝（ZOMBIE STOCK）
大道具＝瀬尾元保（俳優座劇場舞台美術部）
ステージメカニック＝林正（リンペット）
Image-Mesh・電飾＝吉田有希（コマデン）

衣裳助手＝立花文乃　神田百実　岩崎千菜津　中原幸子
衣裳製作＝戸田京子　伊澤潤子　東康子　坂巻絢子　春木里華　伊藤陽子　戸塚淑子　アトリエ88%　GROUP色　溝口貴之（東京衣裳）　cielcouleur　Shu/Kanako　安藤慶次　谷口さやか　山田芙美　山中麻耶　三浦洋子
帽子製作＝ATELIER NOBUKI HIZUME（石田絵美）
かつら＝川口博史（三川屋）
ヘアメイク助手＝柴崎尚子（M's factory）
小道具製作＝藤澤ひろみ　中村友香　清水克晋　安津満美子　籠谷有紀子　畠山直子　金子千尋　渡邊千穂　菅原あや
刃製作＝イトウタカシ
特殊造形チーム＝橋本隆公　串淵徹也　小林巧　福井章吾　道譯唯　佐々木里紗　笠井千晴　組谷莉衣　中込麻依
特殊造形デスク＝中田奈美代
映像助手＝大鹿奈穂　横山翼　藤田陽平　新保瑛加
映像イラストレーション＝古屋あきさ　田中美妃
RECORDING STAFF＝大竹悠太（ONKIO HAUS）　衣川朋洋（JUSTA MUSIC）／野口俊和
フランス語訳＝中谷さとみ
英語訳＝高畑勲
照明機材・ムービングライト＝クリエイティブ・アート・スィンク

映像機材協力＝インターナショナルクリエイティブ
Image-Mesh・電飾協力＝コマデン
音響機材協力＝京都テクニカルオフィス　リンクスフォレスト　オタリテック　YAMAHA　audio-technica
楽器協力＝岡田聡
音効協力＝Sound Busters
ヘアメイク協力＝M's factory　CHACOTT FOR PROFESSIONAL コスメ・ソフィア　MAKE UP FOR EVER　三川屋
小道具協力＝高津装飾美術（天野雄太）　patchy
履物協力＝神田屋（大石雅章）　DANCIN' SHOE OHKI
物販＝木南麻樹（ヴィレッヂ）
稽古場＝にしすがも創造舎
運搬＝マイド
アーティストマネジメント＝アクションクラブ（田尻茂一）　ヴィレッヂ（細野博幹　北村夏樹）　大人計画（中村幸子　細野いづみ　井芹容子　安田知可）　キューブ（薮内元　木下紘彰）　スタッフ・ポイント（宇野隆史）　Sony Music Artists（佐藤学　追分紗代）　東宝芸能（木村薫）　ドリームキャブ（渡辺修二）　Beat on Beat（平野喜久雄）　BEATNIK STUDIO（泉孝枝）　リコモーション（岩井和子）　＊50音順

スペシャルサンクス＝赤坂ACTシアター　アルプス・トラベル・サービス　イトーカンパニー　KYOYA ENTERPRISE　シアターBRAVA!　俳優座劇場　舞台美術部　バックステージ　ビッグワールド　融合事務所　BLOOMING AGENCY　遊カンパニー　ユニ・ワークショップ　＊50音順

宣伝美術・宣伝画＝東學
宣伝写真＝渞忠之
宣伝特殊メイク＝中田彰輝（ZOMBIE STOCK）
宣伝・公式サイト制作運営＝ディップス・プラネット
宣伝＝浅生博一（ヴィレッヂ）
広報・ビジュアル進行＝寺本真美（ヴィレッヂ）

票券＝脇本好美（ヴィレッヂ）倉前晴奈
制作助手＝大森祐子　高畑美里（ヴィレッヂ）
制作補＝辻 未央（ヴィレッヂ）北條智子（大人計画）
制作デスク＝小池映子（ヴィレッヂ）

制作＝柴原智子（ヴィレッヂ）　長坂まき子（大人計画）
エグゼクティブプロデューサー＝細川展裕（ヴィレッヂ）
制作協力＝大人計画・モチロン
企画・製作＝劇団☆新感線・ヴィレッヂ

【東京公演】
運営協力＝サンライズプロモーション東京
主催＝ヴィレッヂ

【大阪公演】
後援＝FM802／FM COCOLO
主催＝関西テレビ放送／サンライズプロモーション大阪

著者略歴
一九六二年生
九州産業大学芸術学部デザイン科卒
大人計画主宰

主要著書
『ファンキー！ 〜宇宙は見える所までしかない〜』
『ヘブンズサイン』
『キレイ〜神様と待ち合わせした女〜』
『母を逃がす』
『まとまったお金の唄』
『同姓同名小説』
『宗教が往く』
『クワイエットルームにようこそ』
『老人賭博』
『ウェルカム・ニッポン』

上演許可申請先
〒一五六-〇〇四三
東京都世田谷区松原一―四六―九
カワノ松原ビル二〇一

ラストフラワーズ

二〇一四年七月二五日 印刷
二〇一四年八月一五日 発行

著者 © 松《まつ》尾《お》 スズキ
発行者 及川直志
印刷所 株式会社 理想社
発行所 株式会社 白水社
東京都千代田区神田小川町三の二四
電話 営業部〇三（三二九一）七八一一
　　 編集部〇三（三二九一）七八二一
振替 〇〇一九〇-五-三三二二八
郵便番号 一〇一-〇〇五二
http://www.hakusuisha.co.jp
乱丁・落丁本は送料小社負担にてお取り替えいたします

株式会社 松岳社

ISBN978-4-560-0-08392-5

Printed in Japan